鬼の話を聞かせてください

Kyo Kinoe

木江　恭

双葉社

目次

鬼の話を聞かせてください

装幀　國枝達也
装画　太田侑子

プロローグ／エピローグ

「募集：現代の都市伝説　あなたの体験した『鬼』の話を百字以内で聞かせてください」

「鬼」の定義は問いません。あなたが出会った「人知を超えた存在」「人間技とは思えない所業」「科学や論理で説明できない謎」「不思議な体験」——あなたが「鬼」だと思うもの。それを、百字以内で送ってください。

あなたは、「鬼」を信じますか？

送り先：@island/in/the/mist（霧島《きりしま》ショウ／フリーライター）

こんな企画を立てて、霧島は、何がしたかったんだろう。

本や印刷物や謎の置物で散らかったデスクの、かろうじて空いている部分に肘を付いて、彼は青白く発光するノートパソコンの画面を見つめた。

リビングの一角に据えられたパソコンデスクは、アナログな記録媒体ですっかり埋め尽くされている。本来の主役のはずのノートパソコンは、積み上がったそれらの上に危なっかしく鎮座している始末だ。

やや斜めに傾いたパソコンの画面が、ふっとブラックアウトした。彼はパソコンから目を離し、側に転がっていた判読不能なメモの切れ端をつまみ上げる。

霧島、スケジュール管理とか手帳でやってたもんなあ、根がアナログっていうか、ショーワなんだよなあ。あいつ、説教も好きだしなあ。

霧島は多忙な男だった。彼は時折霧島の仕事を手伝い、そして叱られた。最後に会話した時も、やはりそうだった。

「お前な、おれは事件の関係者に話を聞いてきてくれって言ったんだよ、それなのに何で、関係者にトラウマ植え付けて帰って来るんだ」

「事前に同意は取ったよ。無理やり暴いたわけじゃない」

「あのな、それで済むなら、世の中にクーリングオフなんてものは要らないんだよ」

霧島は呆《あき》れていた。それがどうにも不本意で、彼は苛立《いらだ》って吐き捨てた。

「そうかい、それならそうすりゃいいよ」

彼がこうなるのは、霧島にだけだった。大抵のことには何も感じないのに、霧島に小言を言われると心が波立った。

「そうだ、そうすりゃいいんだ。素知らぬ顔で、何も知らなかった頃に、事件なんか起きなかった時に戻ればいいよ。できやしない癖に」

霧島がため息を吐くが、彼の口は止まらない。

「何もなかった頃には戻れないのに、何が起きたかわからない。そんな状態でいるよりも、鬼が出るか蛇が出るか、知れるほうがずっといい」

「あのな」

「君もそうだっただろ」

これが彼の常套句《じょうとう》で、切り札で、禁じ手だった。彼がこう言うと、霧島はいつも黙り込んで、彼に背中を向けた。

この時も、そうやって会話は尻切れトンボになって、そのまま、霧島とは連絡が取れなくなった。

だんまりは、狡《ずる》いよなあ。オトナのやることじゃないよ。

彼はノートパソコンをカーソルで揺り起こし、霧島のSNSアカウントにログインした。IDとパスワードの書かれたメモは、部屋に来て早々に見つけていた。ほんと、こういうところだよ、霧島。

霧島のアカウントには、五十を超える新規の投稿が寄せられていた。鬼、鬼、鬼。ざっと目を通してから、彼はノートパソコンの電源を落とし、立ち上がった。

しょうがないから、代わりにやっておいてやるか。本当は写真を撮りたいところだけど、それはまあ、状況次第だ。

「鬼」の話なら――まるきり他人事でもないし。

デスクに立てかけられている古いビニール傘をひと撫《な》でして、彼は霧島の部屋を立ち去った。

彼がドアを閉めた、その空気の流れと振動で、傘の影からひらりとメモ用紙がこぼれ落ちた。

「鬼に遭ってしまった者の、その後の人生は」

さあ。
あなたの「鬼」の話を、聞かせてください。

影踏み鬼

影や道禄神（かげやどうろくじん）
　東京の「影踏み鬼」のことで、「影や唐禄人（とうろくじん）」ともいう。互いの影を踏み合って遊ぶとき、手を打ちながら、「影やどうろくじん、十三夜のぼーた餅、さぁ踏んでみぃしゃいな」とはやした。昼間の太陽の影でもできるが、日中はあまり行わず、月明かりの影で遊ぶことが多かった。

　携帯電話に着信があったのは、わたしが喫茶店の隅の席でノートパソコンを立ち上げた直後のことだった。

　表示されている番号に見覚えはない。普段なら迷惑電話と判断して放置するところだけれど、今回は相手の見当がついていた。画面をタップして耳に当てると、耳当たりのよいハスキーボイスが流れてくる。

「もしもし、明良《あきら》ちゃん？」

　予想通り、相手は年上のいとこだった。二年前に会って以来それきりになっていたが、先週突然家に電話をかけてきたのだと母から聞いていた。わたしと連絡を取りたがっていたから、携帯電話の番号を教えたことも。

「ご無沙汰してます」

話しながらノートパソコンの画面をオフにして、時計を確認する。待ち合わせの相手からは十五分ほど遅れると連絡を受けているし、待つ間に手を付けるつもりだった資料も、締め切りはまだ先だ。入社して五年も経てば、仕事のペース配分も慣れたものだ。

「聞いたよ、明良ちゃん、商社の営業でバリバリ頑張ってるんだって？　男社会で大変じゃない？」

「いや、そこまででもないですよ。部署で初めての女性総合職ってことで、むしろ気を遣われてます。病院と違って、一応土日は休みですし」

「一応ってあたり、立派なワーカホリックだって」

いとこの笑い声に交じって、子どもの泣き声や診察への呼び出し放送が聞こえてくる。勤め先の病院から掛けてきているのだろう。今日は土曜日だが、病人や怪我《けが》人は待ってはくれない。

「それで、どうしたんですか、急に」

「うん……実は、本当に急なんだけど……明良ちゃんのお祖父さんの家、売ることになったから、それを伝えようと思って」

「そうですか」

この話は、実は初耳ではなかった。いとこからの電話の件で母と話した時に、すでに聞いていたからだ。

祖父の家は数寄屋造りの古民家だ。あの家を訪れたのは二十年前のたった一度だけ。それでも、座敷の畳の匂いや軋《きし》む床の音をはっきりと思い出すことができる。

——忘れたくても忘れられない、と言ったほうが正しいかもしれない。

不意に、テーブルに影が差した。

顔をあげると、見知らぬ青年が立っていた。わたしと目が合い、微笑んで軽く会釈する。にこり、というよりは、にんまり、という形容が似合う笑い方だった。

「もしもし、明良ちゃん？」

「あ、すみません、今ちょっと、人と会っていて。終わったら掛け直します」

断りを入れて電話を切った時には、青年は向かいの席に座って注文も済ませていた。

「失礼しました」

「いえ、遅刻したのはこちらですから、僕のほうこそすみません」

青年は二十代後半くらいに見えた。残暑が厳しいこの季節に汗一つかかず、涼しげな表情を浮かべている。ゆるりとうねった髪に、襟ぐりが浅く広く開いたTシャツ姿で、メディア業界らしいカジュアルな雰囲気だ。微笑を浮かべた大きな口は、ピエロを連想させる。

「ご挨拶が遅れました、フリーライターの霧島です。アキさん、ですね？」

「はい」

「今回は企画に応募いただいてありがとうございます。さっそくですが」

「すみません」

流れるような霧島の口上に、声を張って割り込む。

「企画の件……辞退させていただけませんか」

「辞退、ですか？」

霧島の顔に困惑が浮かぶ。わたしはテーブルを覗《のぞ》き込むように頭を下げた。

「やっぱり企画の趣旨に合わない気がして……すみません、今更」

「そうですかね？　そんなことないと思いますけど」

「とにかく、気が変わったんです。本当に申し訳ないんですが」

ＳＮＳで偶然見つけた参加型企画に応募したのは、今思えば完全な気の迷いだった。「現代の都市伝説」「あなたの体験した『鬼』の話を百字以内で聞かせてください」だなんて。

母からあの家の売却の話を聞いた直後で、動揺していたのだろう。初対面の人間にあの話を聞かせるなど、いつものわたしだったら考えもしない。

わたしの頑《かたく》なな態度に、霧島は苦笑を浮かべた。

「うーん、困ったなあ。実は、決定権は僕にはないんですよねえ」

霧島はポケットから名刺を取り出して、テーブルに置いた。名刺にはシンプルな書体で「写真家　桧山《ひやま》」と書かれている。

「写真家？　それに名前……さっき、霧島さんって」

「すみません、僕は替え玉なんです」

霧島――否、桧山の口調や表情は、言葉ほど悪びれた様子でもない。

「替え玉？」

「ええ。霧島は僕の友人なんですが、あれは節操のない売文家でね。殺人事件から芸能ゴシップに女性誌のコラムまで、とにかく何でもかんでも依頼を受ける。そのくせ、手が回らなくなると人にぶん投げる。で、今回巻き込まれたのが僕というわけです」

桧山は、肩にかけていた大きなトートバッグからＩＣレコーダーを取り出した。

「僕の今回の役割は、応募者の話をこれに録音するところまでなんです。実際に文章を書くのは霧島なんでね」

「はあ」

「だからまあ、ここであなたに降りられると、僕は成果物を提出できず、報酬も受け取れないことになるんですよ。ここまでの交通費も自腹の切り損だ。売れない写真家には手痛い出費ですねえ」

桧山の声は柔らかかったが、きっちり嫌味を含んでいる。

「それは……それなら、費用はこちらで」

「いえ、お金は結構です。それより」

桧山はICレコーダーを鞄《かばん》に戻し、じっとわたしを見つめた。

「霧島には言わないと約束しますから、僕に話を聞かせてくれませんか？」

「……どういうことですか？」

「実はね。僕の目当ては報酬よりも、話そのものなんですよ」

「話？」

「僕はね、『鬼』を撮りたいんです」

食らいつくように即答したその一瞬、桧山の目つきが鋭くなったように見えて、わたしは視線をそらした。

「撮りたいって……あの、写真はちょっと」

「あ、いえいえ、何もあなたの顔写真を公表しようってわけじゃなくて」

こちらの機嫌を取るように、愛想のよい話し方に切り替わる。器用な男だ。

「『鬼』に出会ったと感じる瞬間の非日常感といいますか——そういう、普通ではない瞬間というものに興味があるんです。本当はその瞬間を撮りたいんですが、そうそううまくもいきませんから、せめて話だけでも聞きたくて。お願いできませんか」

「でも」

「それにあなただって、本当は話したいんじゃないですか？」

両目と大きな口が、三日月形に弧を描く。それこそ、この世のものならざる狐狸や化け猫の類のような、得体の知れなさを感じさせる。

「……どういう意味ですか」

「いえ、だってね。子どもの頃からずっと、誰にも言えずに抱えてきた。誰かに言いたい、でも言えない。そういう葛藤を吐き出すのに、身元のごまかしがきくＳＮＳはぴったりですからね。特にあなたみたいに、人一倍頑張り屋で弱音が吐けないタイプには」

「何ですか、それ。ひとのことを勝手に決めつけて」

言い返す声が尖ってしまったのは、動揺したからだ。百字足らずの短い文章を何回も書き直し、「送信」を押した瞬間の迷いと解放感を、見透かされた気がした。

「わかりますよ、だってほら」

桧山は、テーブルに載せたままのノートパソコンを示した。

「週末までお仕事お疲れ様です。でもいくら仕事熱心でも、たまにはお休みしないと」

店員が桧山の前にアイスカフェラテを置きに来た。この店で一番大きいサイズだ。長居する魂胆が透けて見える。

桧山は店員が去るのを待って、テーブルに肘《ひじ》をついて身を乗り出した。

「アキさん。僕はあなたの本名を知りません。年齢も、住所も、お仕事も。今日初めてお会いして、別れれば二度と会うこともない。実に都合の良い聞き手だと思いませんか？」

わたしはゆっくりと息を吸い、吐いた。あの日、「送信」を押す前にそうしたように。

「……わかりました。でもある程度は、フェイクを入れさせてください。特に人名や地名は」

「ええ、特定なんて野暮なことはしませんけど、気になるならお好きなようにどうぞ。ただし、ストーリーに支障をきたすようなでたらめは勘弁してくださいよ」

桧山はグラスにストローを差して、にんまり笑った。

「では、聞かせてくれませんか？　『小さい頃、祖父の家で真夜中に影踏み鬼をしたら、得体のしれない影が現れた。その夜、その家で人が死んだ』っていうお話を」


小学校二年の八月のことだった。わたしは母に連れられて、北関東にある母の実家を訪れた。電車とバスを乗り継ぐこと数時間、終点でバスを降りると、居並ぶ畑を突っ切ってアスファルトの道が延びていた。地平線まで見渡せる広い視界の中、思い出したように現れる民家と、うねる石垣。蟬の声がわんわんと響き、青臭く埃《ほこり》っぽい空気を揺らしていた。

強い西日の差すその道を、母と手を繋《つな》いで歩いた。襟の詰まったブラウスの内側に熱がこもり、背中にびっしょりと汗をかいていた。いつもはTシャツ姿に長い髪を輪ゴムでくくっている母も、窮屈そうな白いシャツと黒いスカート姿だった。顎《あご》に滴《したた》る汗を拭う時間も惜しいと言わんばかりに、母は速足で進んだ。

母の様子がいつもと違うことに、不安を感じてもよいはずだった。当時のわたしは同年代の中でもとびきり大人しく、臆病で、周りの変化に敏感な子どもだったから。けれどもその日は、母の沈黙も強引さも気にする余裕がなかった。わたしの胸も頭も、まだ見ぬ「オジイチャン」への期待で塗り潰されていたからだ。

その前日、母から「明日はオジイチャンのおうちに行くよ」と告げられた時、わたしは自分にも「オジイチャン」がいることに驚いた。当時は詳しい事情など知るべくもなかったが、田舎の資産家の娘だった母は実父と反りが合わずに家を飛び出して上京し、わたしの父と結婚した後も実家とはほぼ絶縁状態だった。父は天涯孤独の身の上で、わたしが生まれてすぐに亡くなっていた。そういう状況だったので、わたしにとって家族とは母ただ一人のことを指していた。幼稚園や小学校で、クラスメイトが「夏休みにオジイチャンの家に行った」「お正月はオバアチャンからお年玉をもらった」と自慢し合うのを、わたしは黙って聞くことしかできなかった。

クラスメイトの話によると、「オジイチャン」や「オバアチャン」とは、何をしても怒らず、優しく褒めてくれ、おいしいご飯を食べさせ、お小遣いをくれる――魔法使いとサンタクロースが合体したような素敵なものらしかった。初めてそれを知った時、母に「どうしてうちにはオジイチャンもオバアチャンもいないの？」と尋ねてしまい、母の強張《こわば》った表情を見て、幼心にひどく後悔したものだった。

けれど、わたしもとうとう「オジイチャン」に会える！　そう思うだけで、蒸し暑い道のりも苦ではなかった。ごみごみした住宅街で育ったわたしには田舎の開けた景色が珍しく、気持ちを弾ませるのに十分だった。

二十分ほど歩いて母の実家に到着した時、興奮は最高潮に達した。「妹尾《せのお》」と表札の掲げられた低い石垣と灌木《かんぼく》に囲まれた平屋の古民家は、アニメや漫画の一場面のようだった。幼稚園の園庭より、学校の校庭より広い家があるなんて！

けれどもわたしの期待と興奮は、すぐに冷水を浴びせられることになった。

呼び鈴を鳴らして玄関前に立ったわたしたちを迎えたのは、白髪の痩せた老人だった。後から聞いた話ではこの時七十歳だったというが、それより十は老けて見えた。シャツの襟から覗く首に青い血管と筋が浮かび、眉間《みけん》には深い皺《しわ》が刻まれていた。

「帰れ。勘当された身で何をしに来た」

老人は母を睨《にら》むように見上げて吐き捨てた。むき出しの敵意と嫌悪に身がすくむわたしをよそに、母は平然と言い返した。

「あなたの娘でなくとも、お母さんの娘です」

「何を偉そうに。あれの新盆なら昨日とっくに済んだわ」

「だから来たんじゃない。わざわざ騒がせたいわけじゃない。お母さんに手を合わせに来ただけよ。それが済んだら、言われなくても帰ります」

母の声は割れたガラスのように鋭く、老人は皺の奥のたるんだ目を吊《つ》り上げた。

「親に何という口の利き方だ」

「勘当したのは誰よ。都合のいい時だけ父親面して」

わたしは母の腰に身を寄せた。どうもこの老人が「オジイチャン」のようだと見当はついたものの、聞いた話とあまりに違う様子に戸惑っていた。人見知りの激しいわたしがこうすると、母はいつも笑いながら抱き寄せてくれた。しかしその日の母は、わたしの手を痛いくらいに握りしめたまま、老人と口論を続けるばかりだった。

「剛一郎《ごういちろう》兄さん」

老人の後ろからしわがれた声が聞こえ、赤ら顔に眼鏡をかけた別の老人が現れた。先にいた老人――剛一郎と身長は同じくらいだが、顔も体も丸々と太っていた。その横には同じくらいの年齢の女性も立っていた。大きな石のついたイヤリングやネックレスが、玄関から差し込む夕日にギラギラと光った。

母は二人に向かって軽く頭を下げた。

「佑次郎《ゆうじろう》叔父さん、はつ江さんも、ご無沙汰しています」

「ああ、由子《ゆうこ》ちゃん」

後から現れた老人の名は佑次郎といい、剛一郎の弟、つまりわたしの大叔父で、はつ江はその妻だった。当時「大叔父」という言葉を知らなかったわたしは、「オジイチャン」の弟は何と呼ぶのだろうと困惑して二人を眺めていた。

はつ江は、佑次郎の語尾をひったくるように話し始めた。

「お久しぶりね、由子さん。どうしたの？　ちょうど義一さんたちもいらしてるのよ」

「兄さんが」

「ええ、明日まで泊まっていくんですって。それでみんなで食事でもってことになったのだけど、由子さんも食べていかれるのかしら？」

「いえ、わたしたちはすぐにお暇します」

母の返事に、はつ江は口元を歪めるように笑った。

「あら、そう。でもそうよね、お義兄さんがお許しにならないわね」

紙やすりで肌を撫ぜるような、嫌な言い方だった。佑次郎がもごもごと何か言ったが、剛一郎に「酔っ払いは黙っていろ」と一喝され、何事か口の中で呟《つぶや》きながら室内に戻っていった。「お義兄さん、そんな言い方」と声を上げたはつ江も剛一郎に冷たく一瞥《いちべつ》され、気まずそうに佑次郎の後に続いた。

玄関にいるのは、剛一郎と母とわたしだけになった。剛一郎が口を開く前に、母はきっぱりと言い切った。

「とにかく、お母さんに手を合わせるだけはさせてもらいます」

剛一郎は鼻を鳴らし、廊下の奥に消えた。

母は長く息を吐いてから、靴を脱ぎ始めた。わたしも慌てて上がりに腰かけて、履きなれない革靴のバンドの留め具を外した。

――うちの「オジイチャン」はちょっと変わっているみたいだ。でもそんなの別に大したことじゃない。うちはうちでよそはよそって、いつも言われているのだし。

そんな風に自分に言い聞かせるわたしの頭上から、ぱりっと明るい声が降ってきた。

「初めまして、村木千佳《むらきちか》です」

顔をあげると、青いギンガムチェックのエプロンを付けた若い女性が立っていた。母よりも頭一つ以上背が高く、色白で、ふっくらとしたしもぶくれの顔に瑞々《みずみず》しい笑みを浮かべていた。

母は「斎藤《さいとう》由子です」と名乗って会釈してから、じっと千佳の顔を見た。

「もしかして、村木チヨさんの」

「はい、こちらの家政婦だった村木チヨの孫です。今は私が、祖母の代わりを」

「ああ、やっぱり。チヨさんはお元気？」

千佳の表情にふっと影が差した。

「祖母は数年前に亡くなりました……私の高校卒業を見届けて、すぐに」

「……ごめんなさい、知らなくて」

「いいえ、気になさらないでください、祖母を知っている方に会えて嬉《うれ》しいです」

それから千佳はわたしに視線を移し、かがんでにっこりと笑った。

「初めまして、村木千佳です。千佳ちゃんって呼んでくれる？」

わたしはびっくりして、母の後ろに隠れた。この家に着いてから、わたしを認識し話しかけた大人は――母を含めてさえ、千佳が初めてだった。千佳は気を悪くする様子もなくころころと笑い声を上げ、わたしたちを仏間に通した。

仏間は玄関の右手、八畳と十畳の座敷の続きにあった。わたしは初めて目にする仏壇の艶々《つやつや》と黒光りする迫力に気圧《けお》されつつ、見よう見まねで手を合わせた。母は長い間、首を垂れて手を合わせていた。

仏壇に祀られた「オバアチャン」の名前は妹尾茂子《しげこ》といい、亡くなったのは前年の十一月だった。その頃、いつもより早く仕事から帰ってきた母が、青ざめた顔でわたしに留守番を言いつけ、黒い服に着替えて慌ただしく出ていったことがあった。何年も前から入院していた「オバアチャン」の葬式だったのだと打ち明けられたのは、数週間経ってからのことだった。急な知らせでわたしを連れていく余裕がなかったことを母は謝ったが、わたしにとって「オバアチャン」は存在もその死もぼやっとしたイメージでしかなく、悲しいとも寂しいとも感じなかったのが正直なところだった。

手を合わせたまま動かない母の背中を見つめていると、背後の襖《ふすま》が開く気配がした。振り返った先に、母より少し年上に見える男性が立っていた。きっちりとプレスされたスラックス姿で、小柄で痩せた体つきや無表情なところが剛一郎に似ていた。

母も男性に気づき、呟いた。

「兄さん」

母の兄――義一《よしかず》伯父はわたしと母をじろりと見た。

「……本当に来たのか」

「あの人と二人で会うのはやめろって言ったのは兄さんでしょ。だから今日来たの。兄さんたちがいるって言うから」

「そりゃそうだけど」

義一は母の向かいに胡坐《あぐら》をかいた。母も腰を半分浮かせ、伯父に正面を向けて座り直した。

「母さんのお葬式の時、ありがとう。兄さんが連絡をくれなかったらお別れもできなかった」

「別に、それはいいけどな。いい加減、親父とちゃんと話したらどうだ」

「話したがらないのは向こうなんだってば」

母の声が急に頑なな調子になり、義一はこれ見よがしにため息を吐《つ》いた。

「確かに、親父は昔からお前には特別厳しかったかもしれない。けどお前だって、いちいち親父に反抗するから」

「お説教なら聞きたくない。……兄さんにはわかんないよ」

母の叩きつけるような言い方に、義一はむっとした顔で立ち上がった。

「わかった、わかった。なら勝手にしろ」

「するわよ。兄さんには迷惑かけない」

「もうかけてるよ」

義一はうんざりした顔で肩をすくめた。

「昔からいつもそうだ。母さんのためと思って今回は世話焼いたけどな……正直、いるだけで迷惑なんだよ、お前は」

部屋を出る間際の冷たい眼差しまで、剛一郎とそっくりだった。

義一が出て行って緊張が解けたわたしは、母のスカートの裾をおそるおそる握った。

「……お母さん」

久し振りに発した声は、喉に張り付いて掠《かす》れていた。

「帰りたい」

ぽろりと零《こぼ》れた言葉が畳の上に転がって、消えていった。

オジイチャンもオジサンもいらない。夏休みに何処にも行かなくったっていい。母がいればそれでよかったのに、オジイチャンを欲しがった欲張りの罰《ばち》が当たったんだ。

「……ごめんね」

母はようやくわたしを抱きしめて、頭を撫でた。

「帰る、もう、おうち帰る」

「うん、わかった、帰ろう」

母の体温と優しい声に、わたしはほっと息を吐いた。

しかしいざ妹尾家を辞そうという時になって、わたしたちが乗ってきたバスの通り道で交通事故が発生したことがわかった。化学薬品を積んだトラックが横転し、道路にぶちまけられた薬品の除去のために周辺一帯が封鎖されて、わたしたちは帰る足を失った。周囲は民家ばかりで、宿泊施設もない。わたしと母は、やむなく妹尾家に一晩泊まることになった。

妹尾家は、カタカナのコを左右反転させた形に建てられていた。下辺の右端に位置する玄関を入ると、まっすぐに廊下が延びている。廊下の右手に座敷と仏間、突き当たりにトイレと浴室がある。廊下は座敷の周囲をなぞるように右に折れ、トイレと浴室に並ぶ形で、台所と板の間の収納庫が一続きになっていた。ちょうど、廊下を挟んで座敷の真向かいだ。収納庫の向こうには、使われていない六畳の和室と、増築された二つ目のトイレがあった。

その和室とトイレの反対側――座敷を通り過ぎた廊下の右手側には中庭が広がっていた。古い灯籠や大きな平石は苔や雑草に覆われ、地面は柔らかい土がむき出しになっていた。廊下と中庭はガラス戸で仕切られていたが、それでも日光や湿気で傷むのか、子どものわたしが歩くだけでもギイギイと耳障りに床板が鳴った。

逆向きのコの字の短い辺にあたる廊下の突き当りは納戸で、その右手には和室が二間、襖で仕切られて続いていた。奥が剛一郎の部屋で、手前の一間は使われていなかった。左手には二階へ続く階段があった。玄関からは平屋に見えていたが、一部分だけ二階が増築されており、八畳の和室が三間設けられていた。このうちの一間に義一伯父の一家が宿泊しており、もう一間がわたしと母に当てられた。

日帰りのつもりで軽装だったわたしと母のために、千佳が納戸から寝間着やタオルを出してくれた。納戸というよりウォークインクローゼットといったほうが正しいほど広く、大型の家電や日曜大工用具、リネン類などが収納されていた。梁《はり》がむき出しの天井は大人が楽に立てるくらいの高さはあったが、内部の風通しは悪く、作業をしている千佳も母も、横で見ていただけのわたしさえすぐに汗だくになった。

そんな中でも、千佳は朗らかにお喋《しゃべ》りを続けた。掠れたような低めの声が心地よかった。

千佳は、昔この家で家政婦をしていたチヨの孫だった。チヨの娘は生まれたばかりの千佳を置いて姿を消し、千佳の父親の名も知らされていなかったチヨは途方に暮れた。夫と死別してから一人で暮らしていたチヨには、赤ん坊の世話をしながら仕事を続けるのは難しかった。やむなく貯金を切り崩す覚悟で職を辞そうとしたのを剛一郎が引き止め、働き続けられるように便宜を図ったのだという。チヨが亡くなった後は、剛一郎の強い希望で千佳が仕事を引き継いだ。チヨの体調が悪い時に代わりを務めたことが多々あり、気難しい剛一郎にも気に入られていたのだ。

母はその頃には実家を出ていたので、千佳と会うのは初めてだった。「父は色々と面倒でしょう」と顔をしかめる母に、千佳は「祖母の恩人ですから感謝しています」と返した後、小声で「でも、時々、確かに」と付け加え、母を笑わせた。

しかし平穏な空気も、十八時に夕飯が始まるまでのつかの間のことだった。

十畳の座敷で夕食の席を囲んだのは、剛一郎、佑次郎とはつ江、義一と妻の奈津子、その一人息子で高校一年生の貴也、そして母とわたしだった。千佳は給仕のために台所と座敷を行ったり来たりしていて、食事の席には着かなかった。

母と二人暮らしだったわたしにとって、「大家族での夕飯」や「家族団らん」はテレビの中の出来事だった。決して口には出さなかったけれど、「オジイチャン」や「オバアチャン」に対するのと同じほのかな憧れもあった。

けれどその日わたしは、期待を粉みじんに打ち砕かれた。

剛一郎は最初からずっと不機嫌で、義一を叱《しか》り詰《なじ》った。病院は慈善事業ではない、お前は最低の経営者だ、馬鹿だ無能だと。義一はぼそぼそと謝り、奈津子も義一の横でじっと顔を伏せていた。貴也はにきびの浮いた青白い顔をうつむかせて携帯ゲームに夢中で、佑次郎は黙々と酒を飲み、はつ江は母に延々と愚痴をこぼし続けた。佑次郎の会社が潰れその後始末で剛一郎に借金をしていることや、自分がどれほど苦労し辛い思いをしているのかをくどくどと——「あなたみたいに好き勝手生きてきたひとにはわからないでしょうけど」と、折々に棘《とげ》を交ぜながら。

わたしは母の隣で、味のしない煮物や米を口に詰め込んでいた。座敷の隅でつけっぱなしになっているテレビに意識を向けようとしても無駄だった。聞きたくもない罵倒《ばとう》や嫌味、母のぎこちない笑い声が両耳に押し寄せる。どうして、耳は目のように閉じられないのだろう？

何をしても笑って許してくれるオジイチャン、おいしいお菓子やプレゼントをくれるオバアチャン、家族で囲む楽しい食卓——そんな夢みたいなものは欠片《かけら》も存在していなかった。わたしの目に映った「家族」は、乾いた紙粘土の粉っぽい切れ端の寄せ集めだった。

どうしてうちは――わたしは――こうなんだろう？

透明な箱に閉じ込められているような気分だった。狭いところで膝を抱えて、手の届かない景色をただ見つめているような。その感覚には慣れていた。休み明けの教室で楽しそうに土産話を披露する級友や、両親に両手を引かれる子どもの姿は、わたしをよくそういう気持ちにさせたものだった。

がたん、と長テーブルが揺れて、わたしは我に返った。はつ江も剛一郎もいつの間にか口を閉ざしていて、テレビから空しい笑い声が響く中、母と剛一郎が睨み合っていた。

剛一郎は唸《うな》るような声で言った。

「……最後の情けで、今晩は泊めてやる。だがもう二度と、この家に顔を見せるな」

「こっちだって、頼まれたってあんたには会いたくない」

母の口調は落ち着いていたが、膝の上の手は小刻みに震えていた。

「でもお母さんの形見分けくらいは、貰《もら》う権利がありますからね。この間は、誰かさんにうやむやにされましたけど」

「形見分けだと？　この泥棒根性が、どの口で……千佳！」

剛一郎の怒鳴り声に、千佳が向かいの台所から駆け付けてきた。

「はい、何か」

「お前、明日からこの家に住みなさい」

千佳はぽかんとして、忙しく瞬きした。

「それは、どういう――」

「この家のものは何でも使っていい。好きにしろ、私が許す。今までの金も返さんでいい。ああそうだ、納戸に茂子の昔の嫁入り道具が仕舞ってあるから、あれもやろう。古いものだから今となっては貴重だぞ」

「お父さん！」

母の悲鳴のような声を、剛一郎は無視した。

「何処《どこ》かの泥棒に取られるくらいなら全部お前にやろう。お前はもうほとんどこの家の娘のようなものなのだし――いっそ、お前が娘ならよかったのだがな」

騒々しい音と共にまたテーブルが揺れて、コップが倒れ箸《はし》が転げた。母が立ち上がりざまに、膝を引っかけたからだ。

母は無言でわたしの手を摑《つか》んで立ち上がらせた。義一とはつ江の冷たい視線や、千佳の心配そうな気配を感じながら座敷を出ていく間際、夜八時をお知らせします、というテレビの音が遠く聞こえた。

二階の部屋に戻ってからも、母はピリピリした雰囲気を崩さなかった。ほとんど会話も無いまま、ひっそりと風呂を済ませて、布団に入ったのが九時半頃だっただろう。

慣れないことの連続で疲れ切っていたわたしはすぐに眠りに落ちたが――ふと、鼓膜を引っ搔《か》くような音で目が覚めた。

寝起きの頭が、い草とシーツの糊の慣れない匂いに混乱する。少しして、妹尾の家に泊まっていることをやっと思い出した。

部屋に時計がないので、時刻がわからなかった。母の腕時計を見せてもらおうと隣の布団を見ると、ぺったりとしぼんだ掛布団が残るばかりだった。

トイレだろうか。それとも、最近わたしに隠れて吸っている煙草だろうか。

——帰ってこなかったら、どうしよう。

そんな、わけもない不安に駆られたのは、この家に来てから母の知らない姿ばかり見せられたせいかもしれなかった。授業参観にもTシャツとGパンで駆け付ける母が化粧をして髪を整え、わたしがテストで失敗しても優しく慰めてくれる母が、あんな怖い、悲しそうな顔を——。

暗闇の中でじっとしていると、不安がぶくぶくと膨れ上がって息が詰まりそうだった。わたしは布団を抜け出した。

階段に足をかけると甲高い軋み音がした。起きた時に聞こえた音は、母が階段を下りた音だったのだろう。向かいの義一たちの和室は静かだったが、その隣の部屋には明かりがついていて、貴也の携帯ゲームの音がかすかに聞こえてきた。

一階はもっと静かだった。時々コオロギの短い鳴き声が聞こえたが、それが途切れると耳鳴りのような沈黙が押し寄せた。近くに住んでいると話していた佑次郎夫妻ももう帰ったようで、座敷も台所も電気が消え、夕食時の明るさが嘘のようだった。剛一郎の部屋からはうっすらと明かりが漏れていたが、隣の和室や納戸の前は暗闇に沈み、自分の足元さえよく見えないほどだった。

母は何処に行ったのだろう。納戸の向かいのトイレからは何の音も聞こえなかった。向こう側のトイレか——それとも、家の外に出て行ってしまったのだろうか？

玄関に向かおうと中庭の横の廊下に踏み出すと、床がギイッと悲鳴を上げ、家中に響き渡るようだった。できるだけ静かに、体重をかけないように次の一歩を踏み出すが、ゆっくりした動きに合わせて甲高い音が長引いただけだった。

急に、怖くなった。剛一郎や義一の険しい目つきを思い出した。今にもあの人たちが起きてきて、叱られたらどうしよう。掌《てのひら》に冷や汗が吹き出し、頭の中で心臓がガンガンと鳴り出した。

「どうしたの？」

後ろから聞こえた声に、ひっと喉《のど》が鳴った。その声が優しげな千佳のものでなければ、卒倒していたかもしれなかった。

おそるおそる振り返ると、エプロンを外した姿の千佳と目が合った。千佳は申し訳なさそうに微笑んだ。

「びっくりさせちゃったかな、ごめんね。眠れないの？」

「……今、何時？」

「十二時過ぎだけど……ねえ、どうしてそんなところに立ってるの？」

「……床の音、歩くと、うるさくて」

「ああ」

千佳は笑って、納戸のはす向かいのガラス戸を開けて中庭に下りた。そしてわたしの立っている横のガラス戸まで歩いてきて、こつこつと鍵のあたりのガラスを叩いた。おそるおそる、手を伸ばして鍵を開けると、千佳は軽々とわたしを抱き上げた。

「わあ、思ったより重い。なんて、女の子に失礼かな。でもこれくらいの歳なら、どんどん大きくならなくっちゃね」

千佳の囁《ささや》く息が耳元にかかるのがくすぐったかった。千佳はわたしと向かい合わせになって、わたしの裸足《はだし》の足を自分のスニーカーの上に下ろした。千佳の足越しに、柔らかく湿った土が沈み込む感覚が伝わってきた。

夜の間に雨が降ったのか、中庭は水の匂いがした。不安定な足場の代わりに、千佳はわたしの肩をしっかりと支えた。

「ほら、見て。綺麗《きれい》だね」

千佳に促されて、中庭の夜景を見た。

「……青い」

不思議な光景だった。人工的な明かりのない中庭を照らすのは月明かりだけだったが、その光が何故か一面に青いのだった。空を見ると、ほぼ満月に近い月はいつものように白っぽい黄色だった。しかし視線を下ろすと、中庭の木々も灯籠《とうろう》も平石も、千佳の手や顔さえ、何もかもがセロファンを通して見た景色のように青みがかっていた。

千佳の言うように、美しい風景だった。けれど同時に怖かった。

この家にあるのは、わたしの知らないものばかりだ。たった一人の家族である母でさえ、違うものになってしまったようだった。

わたしは千佳にしがみついた。

「どうしたの？」

「……怒らない？」

「誰が？」

「……あのひと、もう寝た？　起きてこない？」

オジイチャン、とはどうしても言えなくて、うっすらと明かりが漏れていた一番端の和室を指差した。

「大丈夫だよ。剛一郎さん、いつもはお休みになる前に明かりを消されるのだけど、忘れて眠ってしまうことも多いから……でも、小さい声で話そうか」

「……怖い」

「剛一郎さん？　そうね、ちょっと難しい人かも。でも、剛一郎さんは本当は寂しいんだよ」

「寂しい？」

わたしは驚いて尋ねた。そんな気弱な性格には見えなかった。

「そう。本当は由子さんと仲良くしたいのに、できないの」

「どうして」

「さあ。大人は難しいね」

千佳はおもむろにわたしの肩を離し、手を繋いだ。重心が急に後ろに移動して、わたしはのけぞるような体勢になった。

「わっ」

「ちゃんと摑まっててね」

千佳が囁いて、ゆっくりと歩き出した。まっすぐ前に進むのではなく、円を描きながら前に後ろに――シンデレラが王子様と踊るダンスのように。

千佳の足と一緒に、わたしの足もステップを踏む。最初は予想のできない動きにまごついたが、慣れると本当のダンスのようでおもしろかった。千佳とわたしの青い影がゆらゆらと、木や石の影の間を踊った。

「影踏み鬼みたい」

呟くと、千佳は「よく知っているね」と微笑んだ。

「影踏みっていう遊びはね、もともと月明かりの下でする遊びなの」

「そうなの？」

「そう、月の綺麗な秋の夜にね。だからこれは、本当の影踏みだね」

「今は夏だよ？」

「八月は、昔は秋だったんだよ」

「ふうん」

思い切って、千佳の手を強く握り、背中を思いっきりそらした。青い世界の上下が逆さまになり、月が下に転がった。

もう何も怖くなかった。わたしは小さく笑い声を上げ、足を伸ばして千佳の影を踏んだ。

「あ」

「影踏んだ。千佳ちゃんが鬼だよ」

「あーあ、やられた。……ねえ」

千佳はわたしの手を引っ張って引き戻し、足を止めた。

「千佳ちゃん？」

「負けちゃ駄目だよ。どんなに怖くても」

千佳は真剣な表情で、瞳《ひとみ》に青い影を映して、わたしを見つめていた。

「影踏み鬼は、本当は怖い遊びなの」

「怖い遊び？」

「そう。影はその人の魂。影を踏まれると魂を取られて、人じゃないものになってしまう」

千佳はわたしの頬に手を当てた。柔らかい掌は、うっすらと汗ばんでいた。

「だから誰にも影を踏ませないで。自分の魂を取らせちゃ駄目だよ。誰に何を言われても、生きたいように生きるの」

千佳の言っていることがよくわからず、戸惑った。何言ってるの――そう尋ねようとして、できなかった。

千佳の肩の向こう、剛一郎の部屋の障子が開いて、黒い影が現れたからだった。

影は、すぐに障子の向こうに消えた。薄暗い中の一瞬のことで、顔も服装もはっきり見えなかったが――。

わたしの強張った表情に気づいたのか、千佳が振り返った。

「どうかしたの？」

「……今、誰か、いた」

わたしの言葉を遮るように、階段の軋み音が聞こえてきた。誰かが二階に上がる足音だった。

「……私たち以外にも、夜更かししている人がいたみたいだね。もう寝ようか。私も戸締りを確認したら帰るからね」

「……うん」

千佳はわたしを抱き上げ、納戸のはす向かいのガラス戸から廊下に入った。

夜風に当たったせいかトイレに行きたくなり、わたしはすぐ側のトイレに入ろうとした。それを千佳が慌てて止めた。

「そこは故障中だよ！　ほら、貼り紙……そっか、まだ漢字読めないか。平仮名にしてあげればよかったね」

結局、わたしはまた千佳に抱き上げられ、中庭を突っ切って玄関側のトイレまで往復することになった。

用を足して二階の部屋に戻った時、母は何事もなかったように布団に包《くる》まっていた。戻ってきたわたしに気がついて、眉をひそめた。

「何処行ってたの？」

「……お母さん、いなかったから」

「捜しに行ってたの？　……ごめんね、トイレに行ってた」

隣の布団に入ったわたしを、母はぎゅっと抱き寄せた。

母もトイレに行っていたなら、どうして鉢合わせしなかったのだろう？　きっと、わたしが千佳に抱き上げられて中庭を通るのと入れ違いに、母は廊下を通って戻ってきたのだろう。廊下の床の軋む音が聞こえなかったのは、うっかり聞き逃したに違いない。

自分にそう言い聞かせて、母の温かい身体にしがみついて目を閉じた。

その翌朝、剛一郎の遺体が発見された。

第一発見者は千佳だった。いつもの時間になっても起きてこないことを不審に思って様子を見に行き、納戸の梁で首を吊っている剛一郎を見つけた。

血相を変えた千佳から知らせを聞いて、母は青ざめた顔で、ごめんなさいと呟いた。

「……自殺、だったそうです」

「ふうん」

残り少なくなったアイスカフェラテを、桧山は行儀悪く音を立てて啜《すす》った。自分で聞きたいと言い出したくせに、その表情は不満げだ。

「やっぱり、期待されていたような話じゃなかったですよね」

「いえいえ、そんなことないです。とっても素敵でした。特に、影踏み鬼のあたり」

「でも」

「カゲという言葉は、昔は人の魂のことも意味したそうです。カゲを踏まれる、つまり魂を取られることで、鬼――この世のものならざる存在になってしまうというのが影踏み鬼という遊びだそうで。今でも人が亡くなることを『鬼籍に入る』なんて言いますしね。真夜中の影踏み鬼が、本当に鬼を呼び込んで死を招いたのかも――なんて」

饒舌《じょうぜつ》に話す桧山の機嫌は悪くなさそうだ。では、さっきのぶすっとした顔は何だったのか。

こちらの心を読んだように、桧山は「僕が納得できないのは」と話し出す。

「何で警察は自殺と判断したのかってことです。家族仲の悪い資産家の一家なんて、殺人の動機には事欠かないじゃありませんか」

「ひとの家庭を二時間サスペンスドラマみたいに言わないでくれますか」

「これは失礼」

口先では謝罪しながら、桧山の態度は依然として飄々《ひょうひょう》としている。

「でも実際、どうしてです？　遺書でもあったんですか?」

「いえ、ありませんでした。警察も当初は他殺の可能性も考えていたそうですが」

「結局そのセンは消えた、と」

「はい」

外部からの侵入者の可能性はまっさきに否定された。納戸にも剛一郎の部屋にも荒らされた痕《こん》跡《せき》はなく、遺体の発見現場に残された足台やロープはもともと納戸に置かれていたもので、外から何かが持ち込まれたり持ち去られた様子はなかった。周囲の住宅街でも、不審者の目撃情報は確認されなかったという。

「それはつまり、可能性があるとしたら、内部犯ということですね」

桧山はしたり顔でうなずいた。

「あの日妹尾家を訪れていた誰か――例えば、剛一郎さんにひどく叱責されていた義一さん。あるいは、剛一郎さんに借金をしていた弟の佑次郎さん、それに」

「桧山さん」

「え、僕?」

「そうじゃなくて。何か……探偵みたいですね」

「そうですか?」

本当は、楽しそうですね――と喉まで出かかっていた。実際、桧山の大きな口の端はゆるりと上がっている。

「でも、内部犯人説も警察によって否定されました」

「ほほう」

胃の内容物の状態から、剛一郎は食後二時間以内に死亡したと推定された。剛一郎の姿が最後に目撃されたのは、夕食の席を立った夜九時。つまり死亡推定時刻は、夜九時から十一時の間に絞り込まれる。

わたしと母が出て行った後も夕食は続き、九時になってまず剛一郎が座敷を出たらしい。千佳によると、剛一郎は毎晩十時頃に就寝する習慣だった。そのあとをはつ江が追いかけ、「佑次郎の借金について話したい」と部屋の前までついていったが追い返されたという。剛一郎の邪険な声を、風呂に入っていた母とわたし以外の全員が聞いていた。

はつ江が座敷に戻るのと入れ替わりに、貴也が二階の部屋に上がった。佑次郎夫妻と義一夫妻はそのまま座敷で酒を飲み、解散したのが十一時半過ぎ。千佳もその時間まで給仕をしていた。

「なるほど。佑次郎夫妻と義一夫妻、それに千佳さんにはアリバイが成立すると？」

「ええ。千佳はずっと座敷と台所を行き来していたし、他の人たちもトイレや煙草で席を立つことはあったそうですが、十五分以上席を外すことはなかったそうです」

剛一郎の部屋も納戸も、中庭を挟んで座敷の反対側だ。犯人は剛一郎を殺害し、自殺に見せかける工作をして大急ぎで戻らなければならない。物音や廊下の軋み音はテレビや会話の声でかき消されたとしても、そもそも十五分では時間が足りない。

「となると、犯行が可能だったのは九時過ぎに部屋に戻った孫の貴也くん、それに――八時に退室した由子さんだ」

さすがに当時小学生のあなたに犯行は不可能ですからね、と桧山はおどけてみせる。

「でも、貴也くんには祖父を殺害する動機がなさそうだ。剛一郎さんは初孫の貴也くんには甘かったのではないですか？　気難しい剛一郎さんが、夕食の席で携帯ゲームに熱中することを許していたくらいですし」

「……そう聞いています」

細かいところまでよく覚えているものだ。代理とはいえ、取材を任されるだけのことはあるということか。

「まあ強いて挙げるとすれば、両親に遺産を相続させるため、とか……可能性がゼロとは言えないが、こじつけめいている。もっとそれらしい動機のある人間もいることですしね」

「……ええ、母は、当時はかなり疑われたようですよ。勘当されるほど不仲だった上に、当日も皆の前で口論していますから。アリバイはなくて動機は十分とくれば、最有力容疑者だったでしょうね」

「でも結局、疑いは晴れたわけですね」

「貴也さんの証言のおかげです」

九時過ぎに部屋に戻った貴也は、二階の部屋で携帯ゲームをしていた。夕食の席で両親にゲームについて小言を言われたばかりだったので、両親が戻ってきたらすぐにゲーム機を隠すつもりで足音に神経を尖らせていたらしい。九時半前に階段を上る足音を聞いたが、これは風呂から戻ったわたしと母のものだった。その後十一時半過ぎに義一と奈津子が上がってくるまで、階段を上り下りする足音は聞こえなかったという。貴也は両親が寝た後もゲームを続けていて、十二時過ぎにわたしと母の足音も聞いていたが、これは死亡推定時刻の範囲外だ。つまり、九時から十一時の間に、二階から階段を下りた者はいなかったことになる。

また、貴也のいた部屋はちょうど剛一郎の部屋の真上に当たるのだが、争うような物音や声も聞いていなかった。直前に口論したばかりの母が剛一郎の部屋を訪ねて襲い掛かったとしたら、物音ひとつ立たないということはあり得ない。それに、剛一郎の部屋には荒らされた痕跡はなかった。

「なるほどねえ。あなたたちが妹尾家に宿泊したのはまったくの偶然だったわけだから、事前に共謀していたということも考えられない。貴也くんには由子さんをかばう理由もない。となると、由子さんにも犯行の機会はない。よって内部犯説も不成立となり、剛一郎さんの自殺という結論になる」

「ええ、それに、自殺の理由が考えられないわけではないんです」

「というと？」

「祖父は少し前から、その……夜中に粗相をすることが増えていたらしく」

明るい時間帯の喫茶店で口にするのははばかられる話題に、どうしても声が小さくなる。

「粗相、というと」

「下の、です。就寝前にトイレに行くようにしていたらしいのですが、それでも夜中に布団を汚すことが何度もあって……千佳がどうにか説得して、眠る時は成人用のおむつを使っていたそうです。それが祖父にはかなり精神的に応えていたらしく……プライドの高い人だったそうですから」

「それ以上の生き恥を晒《さら》すより死を選んだと？」

「それに、祖母の新盆が済んだばかりでしたから。祖父の遺体の胸元には、仏壇に飾られていた祖母の写真が忍ばせてあったと聞いています」

「人間らしい矜持《きょうじ》の保てるうちに亡き妻の後を追った、と。なるほどねえ、わからない話でもない。しかし」

桧山はストローでグラスの中の氷をかき回した。

「あなたはそうは思っていない。自殺ではなく他殺だと考えている——そうでしょう?」

「……どうして、そう思うんですか」

「ま、理由はいくつかあるんですが」

桧山はストローを持つのと逆の手の人差し指を立てた。

「第一に、自殺説では、あなたが剛一郎さんの部屋で見た影の説明がつかない」

「……警察にもその話はしました。でも、見間違いか、そうでなくても事件とは関係ないと……わたしが影を見たのは十二時で、祖父の死亡推定時刻はとっくに過ぎていましたから」

「しかしあなたは見間違いとも関係ないとも思っていない。だから、事件のことを調べた。これが二つ目の理由です」

次は中指を伸ばす。

「あなたは当時の状況に詳しすぎる。現場に居合わせたとはいえ、まだ小学二年生の子どもに死亡推定時刻や遺体の状況が伝えられたとは考えにくい。あなたは後からそれらの情報をわざわざ調べたんだ。剛一郎さんの死は自殺であり、自分の見た影はただの怪異譚《かいいたん》だと納得しているなら、そんなことはしないでしょう。あなたは、剛一郎さんが誰かに殺されたと思っている」

「でも、警察は自殺だと、はっきり」

「そうは言われても、疑いや恐怖は理屈じゃ割り切れないものでしょう。その誰かが大切な人なら、なおさら」

「……大切な人？」

「つまり……剛一郎さんの部屋に現れた影は、あなたのお母さんだったのでは？」

黙り込むわたしに、桧山は妙に優しい声を出した。

「気持ちはわかりますよ。由子さんは深夜に姿を消し、同じ時間帯に剛一郎さんの部屋に謎の影が現れた。翌朝、剛一郎さんは死んでいた。そりゃあ、疑ってしまいますよね、どうしても」

わたしは桧山の声を聞きながらうつむいていた。

あの時、剛一郎の部屋に一瞬だけ現れた影の顔も服装も、はっきりとは見えなかった。ただ、直感的に思っただけだ。「お母さん？」と。

ホットコーヒーを飲んでいるはずなのに、腹の中は氷を飲んだように冷たい。

桧山は店員を呼び止めて、二杯目のドリンクを注文している。

注文を取った店員が離れてから、わたしはやっと声を絞り出した。

「母が、祖父を殺したと思いますか」

「いや、それは」

「わかっています。頭ではわかっているんです。警察が捜査をして自殺と断定したのだから――母に犯行は不可能だったのだから、そんなのただの妄想だって。でも、どうしても自殺だとは思えないんです。わたしは祖父のことを全然知らないけれど、でも少なくとも、あの日の祖父の態度は自殺を考えている人間のものとは思えませんでした」

「まあ確かに、話を聞く限りではそうですねえ」

「それに、自殺ならどうして納戸を選ぶ必要があったんですか？　自分の部屋ではなく、わざわざあの暑くて息苦しい場所で……」

桧山は息を漏らして笑った。

「それは、よい着眼点です」

「もし、祖父が自殺でないとしたら？　もし貴也さんが、階段を下りる足音を聞き逃していたのだとしたら？　警察の出した死亡推定時刻が間違っていて——あるいは時間を誤魔化す細工があって、本当はあと一時間遅かったのだとしたら？」

あの夜、母は剛一郎を殺し、納戸に遺体を運んでいたのではないか？　わたしが千佳と中庭で戯れていた、そのすぐ側で。だから母は遺体が発見された朝に、「ごめんなさい」と呟いたのではないか。

この二十年、ねばねばした澱《おり》のように、心にへばりついている疑惑だった。普段は忘れている。しかしふとした時に浮かび上がって、心臓にひんやりとした針を突き刺す。今も、その針は増え続けている。

想像の痛みに耐えていると、桧山がおもむろに、テーブルの端に立てられていたメニューを開いた。

「ねえ、アイス食べます？」

場違いにのんびりした声に、唖然《あぜん》とした。

「は？　アイス？」

「いや、カフェイン以外のものをお腹に入れたほうがいいんじゃないかと思って。だって今のあなた、すっかり思い詰めちゃって――まるで、鬼に憑《つ》かれたみたいですよ」

それから、胡散《うさん》臭い笑みを浮かべる。

「解決編は、それからのほうがいいでしょう」

「さて、これは一種のゲームだと思ってください」

桧山は生クリームが山盛りになったアイスココアをかき回しながら、そう切り出した。わたしは執拗《しつよう》に勧められたアイスを断り、フレッシュジュースを飲んでいる。

「ゲーム、ですか？」

「ゲームと言うのが不謹慎なら言い方を変えましょう。厳密なルールに基づいた机上のロジックです」

「ロジック、とは……？」

言葉の意味ではなく、意図がわからずに聞き返す。

「それはね、あらかじめ設定したルールの範囲内で推理するということですよ」

「ルールって、どういう」

「ルールその一、この事件を無条件に他殺と見なす。ルールその二、あなたから提示された情報は、犯人が嘘《うそ》を吐いている部分以外は全て正しいと仮定する。これらの前提に基づき、最も矛盾の少ない解を正解と見なす、ということです」

「……その解が真実だという保証はないということですか？」

桧山は満足げに頷《うなず》いた。

「そういうことです。今となっては、物的証拠や関係者の証言は検証のしようがありませんからね。それでも構わなければ続けますが、どうしますか？」

どう、と言われても、真実でないなら意味はないように思う。

しかし、あれは二十年も前のことだ。桧山の言うように、もう真実を知る術《すべ》などないのかもしれない。

それを無意識のうちにわかっていたから、わたしはSNSの企画に応募などしたのではないのか。あの日の記憶と疑念を、それなりの筋道を備えた「物語」に仕立て上げるために。怪異譚でも都市伝説でも何でもいい——ありふれた「怖い話」として風化させてしまうために。

ならば「物語」の形が、ゲームでもロジックでも同じことだ。

「……構いません」

「では、始めましょう」

開始の合図のつもりか、桧山は両手をぱちんと打ち鳴らした。

「さて、今出揃っている情報に基づくと、剛一郎さんを殺害することは誰にも不可能です。にも拘《かかわ》らずこの事件を他殺とする場合、死亡推定時刻か殺害現場が間違っている、あるいは誤魔化されていることになります。アキさんは先ほど殺害時刻が誤魔化された可能性を指摘しましたが、僕の考えでは、偽装されたのは現場です」

「現場？」

「そう考えると、さっきの疑問にも答えが出るんですよ。何故遺体が納戸で発見されたのか、という謎のね。でもまあ、順番に行きましょう」

桧山の弁舌は滑らかで、楽しげだった。

「事件当日の夜、十一時半まで座敷にいた関係者のアリバイが成立したのは、廊下の向こうまで往復して犯行に及ぶ時間がないからですね？　特に、遺体を吊るすのに時間がかかる。しかし、座敷の近くに何もかも準備の整った場所を用意して、そこに剛一郎さんを呼び出して殺害したなら、席を外した十五分でもギリギリ座敷に戻ってこられるでしょう」

「でも、祖父は九時に部屋に戻っています。その後にわざわざ呼び出すなんて」

部屋まで付いて行ったはつ江が追い返される声は座敷にいた全員が聞いていた。その後剛一郎を密かに呼び出すにしても不審がられるだろうし、誰かに目撃される可能性は高い。

桧山は得意げに目を細めた。

「呼び出したんじゃない、おびき出したんですよ」

「おびき出した？」

「先ほどのお話によれば、剛一郎さんには就寝前に手洗いに行く習慣があった。そして、剛一郎さんの部屋に近いトイレには『故障中』の貼り紙がされていたんですよね？」

確かに千佳に止められた時、ドアには貼り紙がされていた。漢字だったので、当時のわたしにはまだ読めなかったが。

「となれば、剛一郎さんは玄関側のトイレを使うしかない。犯人はそこを狙ったんですよ。千佳さんによれば剛一郎さんの就寝時間は十時頃と決まっていたのだから、時間の目星をつけて待ち伏せすることも可能だ。おそらく張り紙自体が、犯人の細工です」

「でも、あの張り紙は」

わたしが言い淀《よど》むと、桧山は「本当に壊したのかもしれませんがね」とどうでもよさそうに付け足した。

「このやり方の拙いのは、玄関まで出てきた剛一郎さんが他の誰かと鉢合わせする可能性があることです。その時は計画を中止するつもりだったんでしょうね。しかし結局、剛一郎さんは犯人以外の誰とも顔を合わせることなく殺害された。そして深夜、全員が寝付いたところで、犯人は剛一郎さんの遺体を自室に運んで自殺に偽装するはずだった。いや、途中までは実に手際のよい犯行でした」

「途中までは……？」

「ええ。犯人は剛一郎さんを空き部屋か何処かに連れ込んで殺害した後、死斑《しはん》が不自然にならないように首を吊った状態を再現したはずです。剛一郎さんが就寝時におむつを着用していたのなら排泄物で床が汚れる心配もない、そこまで計算していた。そして何食わぬ顔で座敷に戻ってアリバイを確保——それをわずか十五分でやってのけたわけです。事前に間取りや剛一郎さんの生活習慣を相当調べて、準備しておいたんでしょうねえ」

桧山の人を食ったような笑みから、目をそらす。

「……ではその手際のよい犯人は何故、遺体を自室まで運ばなかったんですか」

「そうそう、そこですよ」

わたしのささやかな反論を、桧山は嬉《うれ》しそうに受け取った。

「何故遺体発見現場が納戸だったのか？　これはよい着眼点です。自殺に見せかけることが目的なら、自室のほうがそれらしい。僕の考えでは、あるアクシデントでやむを得ず納戸を現場に選んだのですよ」

「アクシデント？」

「あなたが見た影――あなたのお母さん、由子さんですよ。由子さんは剛一郎さんの部屋に一瞬姿を見せ、すぐに障子を閉めた。まもなく、階段を上がる音が聞こえたのですよね」

「はい」

「それです」

ずぶりと、桧山はストローをグラスの真ん中に突き刺した。

「あなたと千佳さんに姿を見られずに階段まで行きついたということは、剛一郎さんの部屋から隣の和室を通って廊下に出て、暗闇に紛れて階段を上ったのでしょう。二つの部屋は壁ではなく襖で仕切られていたのだから、通り抜けることができた。つまり、由子さんは剛一郎さんの部屋と隣の部屋の中を見た可能性が高い。確実に見られていないのは納戸だけ――だから、やむを得ず納戸が現場に選ばれた。見られていないといえば、収納庫の横の空き部屋もそうですが、ギイギイうるさい廊下の先の部屋で自殺というのもさすがに不自然過ぎますね」

「見られていないから、納戸が現場に選ばれた？」

「ええ。だって犯人にしてみれば――夜十一時に首を吊って絶命した剛一郎さんの遺体が、十二時には独《ひと》りでに消えてなくなり、朝になったらまた現れた――なんて場違いなマジックをやらかすわけにはいかなかったのですよ。遺体がないことを誰にも見られていない場所を偽装現場に選ぶ必要があった。本当なら剛一郎さんの自室がそうなる予定だったのを、由子さんがはからずもぶち壊してしまったわけだ」

あの時母は、剛一郎の部屋と隣の部屋を——遺体のない部屋を見てしまった。十二時の時点で遺体がなかった部屋は、それより早い時間に首を吊って死んだ剛一郎の自殺現場にはなりえない——ということか。

「さて、となると犯人は、由子さんの深夜の行動を知っていた人物だ。そうですね？」

「……ええ」

あの時、わたしたち以外の誰かが一階にいたとは考えにくい。階段の近くに隠れていたなら二階に上がる母と鉢合わせしたはずだが、そんな様子も物音もなかった。中庭から見渡せる範囲には人影はなく、玄関側のトイレに行った時も誰とも遭遇しなかった。それに、戸締りを見回っていた千佳に見つからず、足音も気づかれずに動き回ることは難しい。

つまりあの夜の母の行動を知っていたのは、わたしと千佳と、母自身だけということになるが。

「待ってください」

「はい？」

桧山は水を差されて不満そうだが、わたしはそれどころではなかった。

「母が……それをしたという可能性は、ないんでしょうか」

「それ、とは？」

「現場の偽装を……例えば犯行現場は納戸で、祖父の部屋に遺体を運び込もうとしたのをわたしと千佳に見られたから、そのまま納戸を偽装自殺の現場に仕立てた、とか」

桧山は一瞬、無防備にきょとんとした。しかしすぐにしたり顔でうんうんと頷き出した。

「なるほど、へえ、そうですかあ」

「何ですか」

「いいえ。いいですね、アキさん。ゲームっぽくなってきましたよ」

いやいやロジックですね失礼——と、桧山はわざとらしく訂正する。

桧山の言いたいことはわかっていた。何故母を疑うようなことを自分から言い出したのか、そこまでして「彼女」に容疑を掛けたくないのかと、揶揄《やゆ》しているのだ。

別にそういうわけじゃない、と心の中で言い返す。ただ可能性を検証しているだけだ、と自分に言い聞かせながら、わたしは桧山の目を見ることができずにいる。

「しかし由子さんには剛一郎さんを殺すことはできなかったと思いますよ。あなたを寝かしつけた後、十二時まで、彼女は部屋を出ていない。貴也くんが足音を見張っていた——聞き張っていたわけですから」

桧山は自分の言葉遊びにくすくすと笑った。

「でもそれは、足音が響かない細工をしたとか」

「そんな細工ができたなら、十二時過ぎに階下に降りる時もその細工を使えばよかった。遺体を運ぶために、わざわざ足音を立てて階下に降りる——なんて危険を冒す必要はないんです」

「では」

緊張で口の中が乾く。無理やり唾を飲んで、言葉を継いだ。

「では、母が祖父の部屋に行ったのは……本当に、事件とは関係なく」

「ええ。理由は本人にしかわからないですが、夕食の席での諍《いさか》いについてかもしれませんね」

「では何故《なぜ》母は、トイレに行ったなんて嘘を……やましいことがないなら、どうして」

「じゃ、あったんでしょう」

桧山はぞんざいに言った。

「え？」

「やましいことが、ですよ。この辺りは完全に想像ですから、このゲームの……おっと失礼、ロジックのルールには反しますがね。例えば、自殺を察していた、とか」

「でも、祖父は自殺じゃ」

「もちろん今のロジックでは、自殺は犯人の偽装工作ですがね。由子さんが剛一郎さんの部屋を訪れた時、自殺の偽装がすでに準備されていたとしたらどうでしょう？　例えば首を吊るためのロープや、亡きお祖母さんの写真。何も知らなければ当然、殺人ではなく自殺の準備だと思う。そしてそれを見た由子さんは――何もせずに部屋に戻った」

「そんな――どうして」

「自殺というのはある意味、究極の拒絶ですからね。そこまでして自分との和解を徹底的に拒む父親に傷ついたか怒ったか、あるいは本気でないと高をくくったか。ところが翌朝、剛一郎さんは首を吊った姿で発見された。さあ大変だ、父親を見殺しにしてしまった。思わず『ごめんなさい』と呟いてしまう。でも、本当のことは到底言えない――それに結局、その時刻にはもう父親は死んでいたわけだし、今更話して変な疑いをかけられたくないと考えた……まあ、全部想像ですが」

頭の奥が熱いような冷たいような、奇妙な感覚だった。母は殺していない――とはいえ見殺しにしたのかもしれない――それだって確証はない――これは単なるゲーム、ロジック。

母でないなら――。

わたしは何とか口を開いた。

「千佳、なんですか?」

剛一郎の生活習慣や家の中の間取りを熟知し、貼り紙や遺体の隠し場所を事前に準備することができ、あの夜母が剛一郎の部屋にいたことを知っていた――全ての条件に当てはまるのは、千佳だけだ。

桧山はこっくりと頷いた。

「ええ。千佳さんが犯人です。千佳さんなら、トイレの故障を偽装することは簡単だ。剛一郎さんを台所かその横の収納庫に連れ込んで殺害し、遺体を隠すのも容易だったでしょう。剛一郎さんは痩せて小柄で、千佳さんは背が高かったのだから、遺体を運ぶのも難しくない」

「でも……やっぱり、おかしいです」

わたしは必死で反論を試みる。

「おかしい、とは、何が?」

「千佳は通いの家政婦でした。祖父を殺すつもりなら、チャンスはいくらでもあったはずです。それなのに、わざわざあの夜に……部外者が何人もいる時に、犯行を行うでしょうか。それこそわたしや母のような邪魔が入らないように、家に誰もいない時を選ぶはずじゃないですか」

「いえ、千佳さんだからこそ、あの夜を選んだんです」

桧山の声は微塵《みじん》も揺るがなかった。

「一人暮らしの剛一郎さんを殺すことはいつでもできたでしょうが、万が一他殺を見破られた場合に、唯一家に出入りしている千佳さんに疑いが集中してしまう。だからこそ、目撃される危険を冒してまで人が集まる夜に計画を実行したんです。疑いの目を散らすために」

「でも、千佳は……千佳はそんな」

朗らかな口調で、優しい手つきで、わたしを抱き上げ、慰め、励ましてくれた。あの手が、人を殺した手だったなんて。

見事な勝負強さですよ、と桧山は笑った。

「あなたと由子さんに遭遇した時は肝が冷えたでしょうねえ。おそらく遺体を部屋に運び込む直前に、階段が軋む音に気づいて、故障中の張り紙をしたトイレに遺体と一緒に隠れたんでしょう。その後、由子さん、そしてあなたが下りてきた。由子さんはすぐに剛一郎さんの部屋かその隣の部屋に入り、あなたは廊下でぼんやり立ち尽くした——千佳さんは焦り、しかしすぐにこの状況を利用することを思いついて、遺体を残してトイレを出た。だから、千佳さんはあなたの後ろから声を掛けてきたんですよ」

確かにあの時、後ろから突然声を掛けられて、ひどく驚いた。不思議に思うべきだったのだ。その寸前まで、千佳がいったい何処にいたのか。

「まず、二階から降りてきたもう一人にわざと話し声を聞かせ、人がいることを知らせて追い払う。夜中に剛一郎さんの部屋に侵入するような後ろめたい事情がある人間なら、目撃されることを恐れて逃げると踏んだんでしょう。家政婦である千佳さんは——状況が状況ですからあまり姿を見られたくはなかったでしょうが、それでも言い訳は立ちますからね。そして二つ目の目的は――足跡を誤魔化すことだ」

「足跡？」

「あなたのお話では、千佳さんは納戸のはす向かいのガラス戸を開けて中庭に下り、そこにあったスニーカーを履いたんですよね。どうして家の中の戸締りを確認していたはずの千佳さんが、外を歩くスニーカーなんて持ってきていたんだと思います？　どうしてそこのガラス戸には鍵がかかっていなかったのか？」

「それは」

「音の鳴る廊下を避け、中庭を通って遺体を運び込んだからです。しかし夜のうちに降った雨で地面は柔らかくなっていた。二人分の体重のかかった足跡がくっきりと残ったことでしょう。誤魔化す方法はいくらでもあったでしょうが――千佳さんは、とびきりロマンチックな方法を選びましたね」

ロマンチックな方法。

「わたしを、抱き上げて、中庭に」

大きくならなくっちゃね、と、耳元の囁き。ちゃんと掴まっててねと、わたしの手を包んだ掌の温度。

桧山はうっとりした様子で微笑んだ。

「青い月明かりの下でのダンスと影踏み遊び。とってもロマンチックで、綺麗だ。この時の千佳さんの内心を想像すると――緊張感でゾクゾクしますね」

「あれは」

「ええ。木を隠すなら森の中、足跡を消すならもっとたくさんの足跡の中、ということです」

わたしを慰めるためでも、励ますためでもなく。利用するために。

「あなたが故障中の貼り紙を無視してトイレに入ろうとした時は焦ったでしょうが、それも結局は、あなたをトイレに連れていくことで足跡を誤魔化すのに一役買った。思った通り剛一郎さんの部屋にいた人間も追い出すことができたわけで、あとは少々計画を修正して納戸に遺体を吊るし、千佳さんの長い夜はようやく終わった。そしてエンドロール、っと」

「でも……動機は何ですか。祖父は千佳を可愛がっていたんですよ、それこそ娘みたいに」

母に、あんな悲痛な顔をさせるくらいに。

桧山は子どもっぽい仕草で、首を傾《かし》げた。

「さあ、そこまでは何とも。ま、これも想像ですけど、自由になりたかった、とか」

「自由に？」

「千佳さんがあなたに言った言葉、なかなか感動的だ。『影を踏まれると魂を取られる。誰にも魂を取らせちゃ駄目』でしたっけ。でも、千佳さん自身はどうだったでしょうね？」

「千佳自身？」

「両親に捨てられ、祖母に育てられ、否応なしに剛一郎さんの家に出入りすることになった。祖母が亡くなると自動的に後釜に据えられた。ついには、お前は娘だ、この家に住めとまで言い渡された。何一つ、自分で望んだことでもないのに」

わたしは呆然《ぼうぜん》とした。そんな風に考えたことはなかった。千佳の言った「恩人」という言葉を、そのまま信じていた。

「もちろん千佳さんも感謝はしていたでしょう。事件の夜の剛一郎さんの発言――『今までの金は返さなくていい』という言葉から考えるに、金銭的な支援もあったでしょうしね。しかし無料《ただ》より高い物はないし、厄介なのは恩と義理だ。金は返せば終わりでも、目に見えない借りには終わりがない。このままじゃ、剛一郎さんが死ぬまで千佳さんは影を踏まれっぱなしだ。生きたいようになんか生きられやしない」

がんじがらめですねえ――と桧山は大げさにため息を吐く。

「おまけに剛一郎さんは体も弱り始めていた。このまま介護生活が始まったら、十年二十年はあっという間に食いつぶされる。いくら恩人だからって、自分の人生をくれてやれるかどうかは別の話です。かといって、見捨てていくのも寝ざめが悪い。恩人だからこそ、その因縁をいっそ断ち切りたかったたっていうのは、動機になりませんかね？」

桧山はアイスココアを飲み干し、両腕を上げて伸びをした。

「しかし、都市伝説の企画としちゃ今のロジックは興醒《きょうざ》めだな。僕はやっぱり影踏み鬼の話のほうが好きですねえ」

「……なら、何で」

こちらが了承したとはいえ、好き勝手に暴《あば》き立てておいて勝手な言い分だと思った。何故、その興醒めなロジックで謎を解いたりしたのか。ただ「鬼」の話を聞きたいだけなら、そんな必要はなかった。そうすればわたしだって、こんな裏切られたような気持ちにならずに済んだ。

桧山は少し目を細め、わたしの顔をじっと見つめた。

「影踏みするあなたたちを撮りたかったな。でも、まあ、いいです。ね、話してよかったでしょう」

「よかったって」

「アキさんにとって、あの夜に起きたことは、ずっとブラックボックスの中に閉じこめられていた。でも、今は違う。たとえ仮定の話でも——何もわからないより、マシでしょう？　見えない箱の中身にロジックがついて、安心したでしょう？」

「安心？」

そんな穏やかな気持ちには程遠い。

けれど確かに、わたしは望んだのではなかったか。二十年間、晴らすことも忘れることもできなかったもやのような疑念を、どんな形でもいいから清算したいと。

桧山の説明は、長年抱えてきた暗闇の迷路に道筋をつけた。けれども、それは救いなのか、それとも、落とし穴なのか。

言葉を返せないわたしの表情をどう解釈したのか、桧山は「お役に立てたなら本望です」と笑いかけた。餌《えさ》を食べて満足げに顔を洗う猫に似た表情だった。

「ああ、約束通り、霧島には言いませんよ。あなたは参加を辞退されたと伝えておきます、ここのお代は経費……は無理か。まあ、素敵なお話のお礼ってことで。それじゃ」

桧山はさっさと伝票を掴んで立ち上がる。

「桧山さん」

「まあ、そう気を落とさないで」

桧山は優しく言った。

「言葉そのものに罪はありますまいよ。それが誰の言葉でも」

言葉を返す間もなく、桧山は立ち去った。

喉が渇いていたが、グラスはとっくに空っぽだった。お代わりを頼む気にもなれず、行儀悪くテーブルに肘をついた。

見抜かれていた。母に疑いを向けるようなことを言ってまで、千佳の容疑を認めたくなかった理由。

幼いわたしに優しくしてくれた千佳を信じたかったから——だけではない。

千佳の言葉に救われたわたしの人生にまで影が落ちるように感じて、怖かったからだ。

引っ込み思案で人見知りで臆病な子だったわたしは、あの時から変わり始めた。初対面の人間に怯《おび》えるばかりだったわたしが今や、所属部署で唯一の女性営業職だ。「新人の癖に」「女の癖に」と揶揄される度に、千佳の言葉を思い出した。誰に何を言われても、生きたいように生きるんだと自分を鼓舞して、ここまでやってきた。

わたしの生き方を変えた大切な言葉を、それに支えられてきた自分の人生を、汚されるのが嫌だった。

桧山の背中が見えなくなる頃になってやっと、身体が動いた。鞄から携帯電話を取り出す。最新の着信履歴に残った十一桁番号を見つめ、後で掛け直すと伝えた相手を思い浮かべる。

桧山に語った「物語」の中での彼女の名前は、「村木千佳」——今は「妹尾千佳」。

伯父夫婦の一人息子「妹尾貴也」と結婚した、わたしの義理のいとこ。

祖父が亡くなった後、彼女は働きながら大学に通い始めた。彼女を気に入っていた伯父が申し出た援助はきっぱり断ったそうだが、その後も交流はあったようだ。その後、伯父の息子と結婚した。彼は伯父の病院で医師として働き、ゆくゆくは病院を継ぐ予定だった。

二年前、「貴也」は死んだ。

死因は自殺だった。部屋で首を吊って。遺書はなかった。祖父と同じように。

彼女に最後に会ったのは彼の葬式だった。今は気落ちした伯父夫婦に代わり、彼女が辣腕《らつわん》経営者として病院を切り盛りしていると聞いている。電話越しに話した彼女は忙しそうで、そして、生き生きしていた。

——桧山の話は、ただのゲーム、机上のロジックだ。その解が真実かどうか、保証はない。ないのだが。

あの青い月夜、わたしを見つめた白い顔、囁いた低い声。

鬼に影を踏まれたら、魂を取られてしまう。人としての生き様を奪われてしまう。鬼に影を踏ませてはいけない、鬼に負けてはいけない、鬼に。

淀んだ想像が独りでに膨らんでいく。伯父たちが集う座敷の向かいの台所で、忙しく働く彼女の姿。そのすぐ横にだらりと吊るされた、祖父だったもの。その隣にぶら下がる、彼女の夫。

——本当の影踏み鬼は、誰だろう。

彼女だろうか。それともそんな疑いを抱くわたしだろうか。あるいは、ロジックなどという呪《のろ》いを吹き込んだ、桧山というあの男が。

わたしは携帯電話の画面を見つめる。電話番号を表示したまま、発信できずにいる。

色鬼

色鬼（いろおに）
「鬼ごっこ」の一種。最初に鬼が色を指定し、鬼ごっこが始まると、逃げ手は指定の色の物を探して、そこに触れる。触れている間は捕まらない。触れる前に捕まると鬼になる。全員が指定の色に触れてしまうと、鬼は次の色を言う。

風の強い夜だった。九月も中旬に差し掛かったというのに残暑は厳しく、何日も熱帯夜が続いていた。

午前零時すぎ、私は生温《なまぬる》い空気を突っ切って、自転車を漕いでいた。パトロールの最初と最後に通る大通りは緩やかな坂道だ。帰りは下り坂なので、タイヤは放っておいても心地よいスピードで回転していた。

この大通りをまっすぐ下って交番に戻れば、二時間近くに及んだパトロールは終了だ。繁華街で騒いでいた酔っ払いの相手をしたせいで、いつもより時間がかかった。

深夜の駅前はほとんど人気もなく、閑散としている。各駅停車しか止まらず、人を呼び込むショッピングモールがあるわけでもない、ひなびた駅だ。おまけに今夜遅くには台風の到来が予測されていて、いつも以上に人出が少ない。駅の反対側にある昔ながらの繁華街はそこそこ賑わっていたが、駅前は文字通り人っ子一人見当たらなかった。

変わり映えも個性もないありふれた町だと、改めて思う。このところ進行中の、「事件」を除けば。

始まりは、落書きだった。町のあちこちに、カラースプレーで奇妙な図形が描かれるようになった。

形は横長の長方形。外側の枠は赤で太く縁どられ、その内側を緑色で一回りなぞり、さらに一段内側を青色でぐるりと塗って、中央には塗り残したような白い長方形が配置されている。それがこの二ヶ月で、十回以上も発見された。見つかる場所は住宅街の壁や商店のシャッター、道路など様々だ。図形の大きさは描かれる場所によって変わり、何故か時折、赤と緑の配色が入れ替わることもある。

この奇妙な連続落書き事件は、退屈な生活を送る住民たちの間でたちまち噂になり、犯人にはいつの間にか「色鬼」という呼び名が与えられた。自宅の壁を汚された住民の一人が、目的不明の色鮮やかな落書きに「色鬼でもするつもりかよ」と毒づいたのがきっかけらしい。

それだけならば、芸術家気取りの何者かによる人騒がせないたずらで済んだだろう。しかし一週間前、駅前の金物屋の六十代の店主が、落書きの犯人に怪我を負わされるという事件が起きた。

その日の深夜十一時すぎ、店の二階にある自宅で過ごしていた店主は、階下の不審な物音を聞きつけた。階段を下りて外に出ると、店のシャッターに落書きしている最中の犯人と鉢合わせになった。逃げ出した犯人を追った店主は、犯人の腕を摑みかけたものの振り払われて転倒、腕の骨を折る重傷を負った。店主の証言によれば、犯人は上下ともに黒っぽい衣服を身に着けた痩せ型で、背はあまり高くなく、フードとマスクで顔を隠していた。

この傷害事件をきっかけに、警察の捜査が本格的に動き出した。私も警察官として、事件の解決に尽力する所存だった。といっても、私のような「お巡りさん」にできるのは、パトロールの回数を増やすことくらいだ。住民に聞き込みをする捜査員の姿を目にするたび、私は羨望《せんぼう》と失望のため息を飲みこんだ。

幼い頃から刑事に憧れて、警察官を志した。しかし三十をいくつか超えても、私が経験したのは、交通課と交番勤務だけだった。もちろんどれもやりがいのある職務だったが、男としてはやはり、さっそうと凶悪犯を追いつめて手錠を掛ける勇姿に憧れる。そのために空き巣の摘発や職務質問など地道な努力を重ねてきたつもりだったが、いつになったら報われるのかと、先の見えない日々に鬱屈した思いが募るばかりだった。

そんなことを考えながら自転車を走らせていると、歩道橋に差しかかったあたりで、自転車のチェーンが異音を立て始めた。自転車を止めて、チェーンの周りを軽く調べたが異常はなく、手がべたついて不快な思いをしただけだった。交番を出る直前に整備用の油を差したのだが、うっかりして量を間違ってしまったのだ。

やれやれと思って自転車に跨《また》ろうとしたところで、視界の端に何かがちらついた。歩道橋の階段を下りてすぐの場所、二棟並んだ雑居ビルの間に、表通りの灯りの届かない路地がある。そこに、何かが見えた気がして、近づいた。

――それは、暗がりに倒れた少女の異様な姿だった。

頭から足の先まで、全身をべったりとカラースプレーで塗り潰《つぶ》されていた。赤、青、緑、白――ほっそりとした全身を蹂躙《じゅうりん》する色彩の渦《うず》は、暴力的ですらあった。

それからのことは、まるで夢の中の出来事のようだった。交番と本署に連絡を入れると、あっという間に駆け付けた所轄の捜査員と現場鑑識が、薄暗い路地に横たわる少女の遺体を取り囲んだ。いよいよ強くなってきた風にぱらぱらと雨が混じり始める中、捜査員の一人が呟いた言葉が耳に入った。

「『色鬼』が、とうとうやりやがった」

路地の薄汚れた壁の低い場所、少女の遺体のすぐ近くに、「色鬼」のあの色鮮やかな落書きが残されていた。

それをぼんやりと眺めながら、私は、自分の濡《ぬ》れた手のひらを何度も制服で拭った。少女の意識の有無を確認するために体に触れた時、赤色がべたりと私の手のひらを染めたのだった。その濡れた感触が、ずっと消えない。とっくに汚れは洗い流し、今手のひらを濡らしているのは汗でしかないと、頭ではわかっているのに。

耳元で、風がびょうびょうと鳴いていた。

「それが、私が海堂波さんの遺体を発見した時の状況です」

一気に話したせいで、声が少し掠れた。咳払いをすると、目の前の席に座っている男は手でグラスを示した。

「どうぞ、一息ついてください。大変興味深いお話でした」

返事の代わりに頷いて、自分の前に置かれた烏龍茶《ウーロン》のグラスを手に取り、一気に飲み干した。冷たい液体が喉を通り過ぎていく感覚に、過去に引きずられていた精神が覚めていく。

季節はあの日と同じ秋だが、一ヶ月ほど冬に近づいて、上着が無ければ寒さを感じる。男と私が顔を突き合わせているのは大通りに面したファミリーレストランで、窓から明るい陽光が差しこんでいる。昼時のピークをちょうど越えたところらしく、店内の席は半分ほど空いていた。おかげで、私と男の二人連れにも、四人掛けのテーブル席が割り当てられている。店内に流れる有線放送と、中央のテーブル席でおしゃべりに興じている女性たちの声のおかげで、周囲に会話を聞かれる心配はなさそうだ。

「いい飲みっぷりですねえ」

空になったグラスをテーブルに置くと、男はカッターナイフで切れ込みを入れたように目をきゅっと細めて笑い、席を立った。

「霧島さん?」

「次を取ってきます。せっかくのドリンクバーなんですから、元を取らなきゃね。壇さん、何がいいですか?」

「では……コーヒーを」

「はい、喜んでぇ」

おちょくるように言って、男――霧島は店内のドリンクバーに向かって歩き出した。立ち上がると、細身の体型が際立つ。くしゃくしゃの髪、くすんだピンク色のてろりとしたジャケットに、それより少し濃い色のスウェットのようなズボン、スニーカーはほとんどグレーに見える深いモスグリーン。洒落た服装は、いかにもメディア関係者といった雰囲気だ。

テーブルに置いた名刺に視線を落とす。「フリーライター　霧島ショウ」。本名か、それともペンネームか。ショウにはどんな漢字を当てるのだろう――もし「消」だとしたら、ずいぶんふざけた名前だ。霧の中に消える島。

「お待たせしました」

私の目の前に、白いソーサーとカップが置かれる。黒々とした液体からは、想像していたよりもましな香りが立ち上ってきた。

霧島は、メロンソーダらしい緑色の液体の入ったグラスをテーブルに置いて座った。

「一緒に甘い物でもどうですか？　どうせ経費で落ちますよ」

「いえ、結構です」

腹は空いていなかった。独り者の気ままさで、数時間前に朝食とも昼食ともつかない食事を摂ったところだったが、それ以上に、食を楽しむ気分ではないことが大きい。年下の男との初対面に、私は緊張と警戒を緩められずにいる。

霧島から私の携帯に電話がかかってきたのは、一週間前のことだった。

霧島は、ある参加型企画をＳＮＳで開催しているのだと話した。「現代の都市伝説」「あなたの体験した『鬼』の話を百字以内で聞かせてください」という、いかにも手軽で遊び半分の企画だ。そしてその企画経由で持ち込まれたある依頼のため、私に話を聞きたいと言った。

誰に私の名前と連絡先を聞いたのかと尋ねると、霧島は百合子《ゆりこ》の名前を口にした。彼女の依頼で、あの事件を調べ直しているのだ、と。「もっとも彼女もあなたの連絡先までは知らなかったので、そこは僕の腕の見せ所、名前を頼りにどうにか電話番号を探し当てたわけで」とペラペラ話していた霧島は、私の沈黙が困惑を意味すると気づいて、こう付け加えた。「海堂波さんのお母様ですよ。『色鬼』の事件の被害者の」。

　喉まで出かかってきた拒絶の言葉は止まっていた。私の躊躇《ちゅうちょ》を察したように、霧島は話し続けた。「ご協力いただけませんか？　そうすれば、『色鬼』の正体を教えて差し上げられると思いますよ」

　はったりに違いない、と思った。警察の懸命の捜査にも拘らず、事件から十年経った今も犯人は捕まっていない。それを、ライターだか何だか知らないが、素人が多少かぎ回った程度で解決できる筈《はず》がない。

　そうは思いつつも、結局私はこの怪しげな男との面会に応じた。

「でも、ちょっと意外でした」

　霧島は人懐《なつ》っこく笑った。そうすると幼く見えるが、実際の年齢は二十代後半といったところだろう。

「意外？」

「ええ。壇さんは、もっといかつい感じの人かと思っていたんですよ。百合子さんからは、かなりの熱血お巡りさんだって聞いていたので」

「……昔の話ですよ。あの時はまだ若造で……血の気が多かったんです」

「本当なんですか？　生意気な不良少年を思い切りぶん殴って、危うくクビになりかけたっていうのは」

「……次に何か問題を起こしたら、離島に飛ばすとは言われていましたね」

「ドラマみたいな話ですね」

声をあげて笑う霧島が不快だった。他人の失敗が、それほどおかしいか。

今でこそ感情的になることは減ったが、若い時の私はカッとなりやすい性格だった。特に、世の中を舐《な》め切った生意気なティーンエイジャーが大嫌いだった。自分がその歳の頃は、実家の工場の手伝いに駆り出され、自由に遊ぶ時間もなかった――そのコンプレックスを刺激されるせいかもしれなかった。

霧島からも、同じにおいがする。他人の苦労を高いところから見下ろして楽しむ、残酷な無邪気さの気配が。

私は苛立ちをこらえてコーヒーをすすり、窓の外を見た。このファミリーレストランは駅に続く大通りに面していて、出入り口のすぐ傍には、通りを跨ぐ歩道橋が設置されている。向こう側の階段を下りて数歩も行かないところに、ビルのすき間に潜むような薄暗い路地がぽっかりと口を開けている。

霧島は私の視線を追うように、同じ方向に目を向けた。

「あの場所ですか。今のお話の、遺体発見現場は」

「ええ。ここに来るのも数年ぶりですが……まだ、残っていたんですね」

あの頃には、あまり良い記憶がない。父が脳梗塞《こうそく》で倒れて、実家の町工場を手放したばかりの時期だった。父一人、子一人の家庭で、私が仕事を続けるにはそれしかなかった。

何もかも、済んだことだ。

海堂百合子は――何故そんな昔の話を、今さら蒸し返すのだろう。

「お元気でしたか?」

「ん？」

霧島のきょとんとした顔を見て、言葉の不足を自覚する。

「海堂さんは、お元気でしたか」

「ああ、そうですね、体調を崩してはいないようでしたよ。物静かな方でした」

「……海堂さんは……どうして、霧島さんにこんな依頼を？」

「さあね。たまたま企画の募集を見つけて、衝動的に連絡したそうです」

霧島は、両手を使わずにぱくりと、グラスにささったストローをくわえた。唐突で、子どもっぽい仕草だった。

「僕が言うのもナンですが、こんなうさんくさい企画に持ち込むような話ではないですよ。でも、そうせずにはいられないくらい、知りたいってことなんでしょう。たった十五歳の娘の命を奪った犯人について――何故娘が死ななければならなかったのかを」

「ええ……そうですね」

最後に百合子の姿を見たのは、何かの手続きのために署に来た時だったか。いや、その後に、町で姿を見かけたのだったか。黒い髪留めでまとめられた髪から一筋こぼれた後れ毛が、青白い頬に張り付いていたのを覚えている。疲れ果て、魂が抜けたような表情で立ちすくんでいた。

彼女は今でも、一人娘を失ったあの事件を、過去にできないでいるのかもしれない。

「そういうわけなので、第一発見者である壇さんに話を聞きに来たというわけです。いや、大変有意義なお話でした」

満足げな霧島に向かって私は身を乗り出した。

「では、そろそろ教えてくれませんか。『色鬼』の正体がわかったというのは、本当なんですか?」

霧島に会うことを決めた理由の一つが、それを聞き出すことだった。会ってすぐに同じ質問をしたのだが、「まずは先入観のない状態で当時のことを話してほしい」と躱《かわ》されてしまったのだった。今度こそ、と威圧を込めてじろりと睨んだつもりだったが、霧島は動じた風もなく、「うーん」とわざとらしく唸って見せた。

「いや、お伝えしたいのはやまやまなんですけどねえ。でもまだ確証がないというか、軽々しく口にできないというか」

「霧島さん」

よく回る口を、低い声で黙らせる。

「私があなたと今日こうして会うことに応じたのは、遺族である海堂さんを思ってのことです。残されたご家族が、大切な人の死を受け入れる助けになるためです」

「なるほど?」

「だからこそ、不正確な情報や事実無根の誤った推測が垂れ流されるのを事前に食い止めたい。そのためなら、私の知ることは全てお話ししてもいいと思っています」

「全て、とは?」

霧島が食いつく。私はもったいぶって言った。

「私は今、本署の資料管理係に所属しています」

「資料管理係」

「はい。今日のために、あの事件の捜査資料を見てきました。霧島さんが情報の秘匿を約束してくださるなら、その内容について話してもいい」

このご時世だ、一度世に流れた情報は簡単には取り消せない。情報の正確性より話題性が持てはやされ、あっという間に拡散されてしまう。霧島が勝手な妄想に基づく推理を組み立てる前にそれを正して、妄言の流布を食い止める。それが、今日の面会を了承した二つ目の理由だった。

「なるほどね。そういうことなら、わかりました。今日のお話は録音も録画もしないし、ご遺族以外には話さないと約束します」

霧島は、横の席に置かれていたキャンバス地のトートバッグからボイスレコーダーを取り出し、テーブルに置いた。手に取って、電源が切られていることを確認する。霧島は薄い笑みを浮かべて、私の行動を見守っていた。

「信用していただけました？　そうしたらさっそく、お話を聞かせてください。そうだな、例えば、詳しい死因とか」

「……わかりました」

私はコーヒーで唇を湿らせて、冷たく汗ばんだ手を太ももに擦りつけて拭った。

「被害者――海堂波さんの死因は脳挫傷で、ほぼ即死でした。解剖結果によると急性硬膜外血腫《けつしゅ》の症状も見られたそうですが、これは死因と直接の関係はないでしょう」

「へえ」

「何か？」

「いえ、どうぞ、続けてください」

霧島の思わせぶりな態度は気になったが、話を続ける。

「それから、遺体が発見された路地近くの歩道橋の階段と縁石から、被害者の血痕が検出されました。おそらく、歩道橋から突き落とされたんでしょう」

「あの歩道橋ですね」

霧島に言われて、つい窓の外に視線が流れる。十年前と変わらずそこにある歩道橋――あれが、海堂波が命を落とした場所であり、凶器だ。

私の意識を逸《そ》らした張本人は、特に窓の外を気にする様子もなく、メロンソーダをかき混ぜている。

「……あそこの歩道橋は古くて滑りやすい。角度も急で、以前にも何度か転落事故が起きたことがあって」

「亡くなった海堂波さんとは、以前からお知り合いだったんですか？」

会話の流れを無視した質問にわずかに苛立つが、努めて冷静に答えた。

「……知り合いというか、何度か話した程度です」

「話した？　どのような用件で？」

「夜中に出歩いていたので、注意を」

「なるほど。警察官として当然の職務ですね」

慇懃《いんぎん》な口調は、却《かえ》って馬鹿にされているような気がしてならない。話を聞きたいと頼んできたのは霧島のほうなのに、どうしてこうもこちらの感情を逆なでしてくるのか。

「ええ、そういうことです。当時、波さんが夜に家を飛び出して、心配した海堂さん……母親の百合子さんが交番に相談してきたので、捜すのを手伝うことが何度かありました。その時にちょっとした説教をしましたから、嫌われていたと思いますよ」

私の説教を、波は白けた顔で聞いていた。しかし冷めた目つきはお互い様だったろう。私のほうも、波を面倒な子どもだと思っていた。生意気だと口に出してぼやき、先輩に「あの海堂先生のお嬢さんだぞ」とたしなめられたことも一度や二度ではない。

波の父は、地元で三代続く個人医院を開いている海堂誠という医者で、「海堂の若先生」と慕われていた。羽振りもよく、家は一軒家どころか豪邸だった。そんな風に周囲から一目置かれる裕福な家で育てられながら、騒動を起こして親を心配させ、周りを呆れさせて、一体何がそんなに不満だったのか。

「まあ、思春期は難しい年齢ですよねえ。しかも家庭環境も複雑だったようですし」

霧島はしたり顔で頷いて、メロンソーダをすすった。

波が百合子の連れ子で、誠とは血が繋がっていないというのは知られた話だった。事件の数年前、四十歳を過ぎてようやく結婚した「海堂の若先生」の相手が子連れだったことは、住民の間でちょっとしたニュースになっていた。

海堂誠は、医師としては優秀だったのだろうが、神経質で打ち解けにくい男だった。近所の老人の思い出話によると、子ども時代はやんちゃだったのが、中学に入る前に交通事故に遭って足の骨が粉々になり、一転して内向的な性格に変わったらしい。後遺症のために大人になってからも走ることはできず、階段の上り下りにも不自由していると聞いた。

波の不愛想なところだけは、継父に似ていたかもしれない。半面、実の母である百合子には、あまり似ていなかった。百合子は当時三十代の後半に入ったところで、どことなく薄幸そうな、放っておけない雰囲気を漂わせていた。一方、波はむっつりと拗《す》ねたような顔をして、いつも周りを睨みつけていた。血が繋がっていないことを差し置いても、気難しい父親との関係がうまくいかないことに不思議はなかった。百合子は波が家出する度に必死になって自分の足で捜し回っていたが、誠が彼女に付き添うことは一度もなかった。

「なるほど、そういう相談を受けて、百合子さんと親しくなったんですね」

霧島が含み笑いを浮かべる。ゴシップ記者に鞍替《くらが》えしたほうがよほど似合いだと、言ってやりたくなる表情だ。

「……親しかったというほどではありません」

私はうんざりして、椅子の背にもたれた。当時も先輩から「海堂の奥様に色目を使うんじゃないぞ」とからかわれたものだが、十年も経って同じような下世話な憶測をされるとは思わなかった。

確かに、当時の私が百合子に対して、守るべき市民という範囲を超えた感情を持っていたことは認めよう。しかしそれは、男女の下世話な感情ではなかった。

あの事件が起きた時の百合子は、私の母が家を出て行った年齢に近かったのだ——父ではない男と恋仲になって、家族を捨てた母の。そういう育ちだった私からすれば、娘のために駆け回る百合子は、正しく「子を愛する母」そのものだった。今思えば、私は百合子に「理想の母」というものの面影を探していたのだと思う。

「まあ、冗談はここまでにして、と」

卑しい憶測に満足したのか、霧島が話を仕切り直す。

「事件の日も、波さんは母親と口論になって家を飛び出したんでしたね」

海堂波は事件の夜八時過ぎ、母親の百合子と口論になり、家を出て行く姿を近所の住民に目撃されていた。それが、生きている波の姿が確認された最後だ。

「ええ。その後、十一時までの間に殺害され、遺棄されたと見られています。ただし遺体が路地に遺棄され、例の落書きが描かれたのは十時以降です。私がパトロールを開始してすぐに大通りを通った時、路地に異常はありませんでしたから。『色鬼』が落書きを繰り返していたのも、ちょうど同じくらいの深夜の時間帯です」

「それなんですけどねえ。波さんを殺害したのは、本当に連続落書き犯の『色鬼』だと思いますか？」

予想外の指摘に、思わず顔をしかめた。

「それは……そうでしょう。現場には『色鬼』の落書きが残されていたんですよ」

「でもその落書きは、二ヶ月の間に十件以上見つかっていたんでしょう？　近所の住民なら、それを目にする機会もあった。噂にだってなってたでしょう。模倣は可能では？」

「無理ですよ」

「何故です？」

私は腕を組んだ。

「塗料です。波さんの遺体遺棄現場には、赤、青、緑、白の四色のカラースプレー缶が残されていました。その塗料と、波さんの遺体に吹きかけられていた塗料、それに、それまでの『色鬼』

の事件で使われた塗料の成分が、全て一致したんです。落書きを見ただけでは、塗料まで特定できないでしょう」

「偶然の一致、という可能性は？」

「使われたのは市販品でしたから入手は可能ですが、スプレータイプの塗料と一口に言っても、メーカーや素材は何種類もあります。色にしたって、蛍光タイプだのマットタイプだの……同じ『赤』でも何色もある。それが、四色とも完全に合致しました。よって、同一犯の可能性が高いと判断されました」

「なるほど」

霧島は呟き、首を傾げた。

「それにしても、犯行の変化が突然すぎやしませんか。落書きばっかりしていた『色鬼』が、どうして急に殺人を犯したんでしょう？」

「さあ……『色鬼』自身にとっても思いがけない、衝動的な事件だったのかもしれません。金物屋の主人の事件の例もあります。波さんの殺害以降、落書き事件がぱったりと止んだのも、予想外の殺人を犯して怖くなったからだと考えれば、辻褄《つじつま》が合います。現場にスプレー缶を残していったのも、動揺していたからでしょう」

「ではどうして、犯人はわざわざ被害者を色塗《まみ》れにしたんだと思います？　現場に長く居残れば居残るほど、目撃される可能性は高くなるのに」

霧島の軽口が、いちいち神経に障《さわ》った。

「色塗れって……その言い方は、ちょっと」

口を挟むと、霧島は拗ねたように口を突き出した。

「だって、ほら」

霧島は突然立ち上がって、私をのぞき込んできた。香水だろうか、気取った香りが鼻をかすめるほどに無遠慮に距離を詰められて、反射的にのけぞった。

「何ですか」

「手、そんなに擦っちゃって」

指摘されて気づく——無意識に右の手のひらをズボンに擦りつけていた。記憶の中の赤色を拭い取るように、強く、何度も。

「ね？　今でもそんなふうに手を拭きたくなっちゃうくらい濡れたんでしょう、べったりと。それくらい、波さんの遺体には塗料がかけられていた。そうでしょう？」

「それは……そうですが」

今も手に残っている。海堂波の体に触れた時の、湿った感触。

「ほらね。つまり、色塗れじゃないですか」

霧島は勝ち誇ったように笑う。

「……あなた、海堂さんにもそんな風に話したんですか」

「ん？　何かいけませんでしたか？」

「いけないというか……」

わざとなのか無意識なのか、言葉の選び方が無邪気を通り越して無神経な男だ。この調子で百合子とも話したのだとすれば、繊細な百合子の神経を相当痛めつけたのではないかと心配になる。

「とにかく……霧島さんは、犯人は『色鬼』ではないと思っているんですか?」

改めて問うと、霧島は当然と言いたげな表情を浮かべた。

「だって、海堂波さんを殺害する動機を持つ何者かが、容疑を免れるために『色鬼』の仕業に見せかけたとも考えられるでしょう」

「ですが、それは」

「わかってますよ。この仮説を成立させるには、犯人がどうやって『色鬼』と同一の塗料を特定し入手したか、の説明をつけなきゃいけない。けどいずれにせよ、被害者の人間関係は一通り捜査の対象になった筈でしょう?」

私はうんざりしてため息を吐いた。どうしても、波に近しい人物を疑いたいらしい。

「……確かにその通りですが、波さんは誰かに恨まれたりトラブルを抱えたりはしていなかったようです。親しい友人はおらず、恋人がいた様子もありませんでした。ですからやはり、『色鬼』による通り魔的な犯行の線が」

「両親は? 関係はあまりよくなかったんでしょう。特に母親とは、口論を繰り返していたとか」

私は霧島を睨みつけた。

「何を言ってるんだ……海堂さんは母親だぞ? 実の娘を殺すわけがないだろう」

「別に、家族間の殺人は珍しいことじゃないでしょうに」

「海堂さんは違う。彼女は本当に娘を大切にしていた」

霧島は、芝居がかった仕草で肩をすくめた。

「なら、父親は？　可愛さ余って憎さ百倍、なんて言葉もある」

「海堂先生ですか？　まさか。確かに事件の夜のアリバイはありませんでしたが……」

事件の夜、海堂誠は職場である駅前の医院に泊まり込んでいた。夜七時からずっと一人で仕事をしており、九時頃に妻の百合子と電話で話したと言っているが、直接顔を合わせた証人はいない。

「ですが海堂先生は足が悪い。歩道橋の上から人を突き落として、それからさらに遺体遺棄の工作をするのは難しい」

「そっちじゃないですよ。関口両次《せきぐちりょうじ》――海堂波さんの、実の父親のほうです」

思いがけない名前が飛び出して、一瞬返す言葉を失う。

「……海堂さんから聞いたんですか」

「ええ、まあ。百合子さんも因果に見舞われましたねえ。十年も前に縁切り同然で離婚した元夫と、再婚して引っ越した先で再会するなんて」

「……本人にとっては悪夢でしょうよ」

「ふうん」

霧島は妙にじろじろと私を見てから、にんまりと笑った。

「何ですか」

「いいえ。壇さんは、関口両次に会ったことがあるんですか？」

「ありません。私は第一発見者だったというだけで、捜査に加わっていたわけではありませんし……関口の住所は交番の管轄外でしたから。今回捜査資料を見るまで、名前も顔も知りませんでしたよ」

捜査資料には関口の写真も含まれていた。獰猛《どうもう》な狐のような顔つきの、痩せた小柄な男だった。百合子と離婚した後に傷害事件を起こして服役しており、調べてみたところ、殺人未遂と見なされてもおかしくない凶暴な犯行だったようだ。波の睨みつけるような目つきは、関口譲りだと思った。

「ふうん。それじゃ、関口については僕のほうが詳しそうですね。百合子さんから、いろいろ聞かせてもらったので」

霧島は得意げに言った。獲物を見せびらかす猫のようだ。一体どうして、そこまで自信満々に振る舞えるのだろう。

「どうやら霧島さんは……どうしても、『色鬼』が犯人ではないと主張したいようですね」

「ええ。『色鬼』の正体がわかれば、誰だってそう考えますよ」

霧島はけろりとした顔で言った。

まさか――本当に、「色鬼」の正体にたどり着いたのか？

「それは」

「あ、ちょっと待って。飲み物取ってきますね」

私の返事も待たずにドリンクバーへ向かった霧島は、まもなく両手にグラスを摑んで戻ってきた。

私の前には、真っ黒なアイスコーヒーのグラス。霧島の前には、真っ赤な炭酸ジュースが置かれた。「アセロラスカッシュですよ」と、聞いてもいないのに言ってくる。メロンソーダも半分以上残っている癖に。

「さて、いよいよ本題――『色鬼』の正体について話しましょうか。まずは、僕が海堂百合子さんから聞いた情報をシェアしましょう。きっと、壇さんにも興味深いお話だと思いますよ」

霧島は真っ赤な液体をすすって、機嫌よく笑った。


時をさかのぼること、十日。

霧島は、休日の昼過ぎに百合子の家を訪問した。事件について大体のことは事前にメールで聞いていたが、当時の詳しい状況を直接聞き出すために足を運んだのだった。

百合子に出迎えられた霧島が通されたのは、明るいリビングダイニングだった。ソファの向こうの大きなガラス窓からは、ベランダに所狭しと並んだプランターが見える。コスモスの紫やキキョウの青、ポットマムの黄色。

「お線香を上げさせていただいてもよろしいですか？」

霧島が切り出すと、百合子は「ああ」とため息のような返事をして、窓の傍の棚を示した。ちょうど目の高さの段に、制服姿の少女の写真が飾られ、淡い青や黄色の優しい色合いの花が生けられている。

「お仏壇も、奥にあるんですけれど……こちらのほうが明るいし、寂しくないと思って。波も、お線香よりお花の香りのほうが嬉しいと思うんです」

娘の写真を見つめる百合子の目には、悲しみが深く刻み込まれている。

霧島は棚の前に立ち、目を閉じて手を合わせた。黙とうのあと、霧島は、写真の前に置かれた銀色の腕時計に目を止めた。

「この時計は、波さんのものですか？」

機能性と耐衝撃性が売りのモデルで、女子高校生が使うにはやや無骨な印象だ。アナログの文字盤を覆う厚いガラスにはひびが入り、かろうじて見える針は八時より少し前で止まったまま。今現在、この時計を使う人間がいないことは明白だった。

「ええ……五年ほど前に、あの子の部屋を片付けたんです。その時に、ベッドと壁の間から出て来たものです」

百合子は、ソファの前のローテーブルにティーカップを並べながら、悲しげに頷いた。

「あの子の高校入学のお祝いなんです。一緒に買いに行ったんですけれど、あの子、お店であの時計を一目見て『これにする』って……あの日は本当に、楽しかった……」

「大切な思い出の品なんですね。修理はされないんですか？」

「……あの子が最後に残していったものなので……手を加えたくなくて……すみません」

百合子は目尻を拭い、霧島をソファへ促した。腰を下ろし、霧島は質問を続けた。

「最後に、というのは？」

百合子は深呼吸してから、霧島の向かいに座った。

「あの事件の夜、私は娘と喧嘩《けんか》をしてしまったんです。あの子は怒って、いったん部屋に引っ込んだと思ったら、すぐに家を出て行って……。この時計は、その時に壊れてしまって、だからあの子は、これを置いていったんでしょう。それとも、捨てていったのかも……あんなに、気に入っていたのに」

百合子の顔つきは、同じことを何度も考え続けて摩耗しきった人間のそれだった。

あの夜、喧嘩さえしなければ――と。

「娘さんとの喧嘩は、よくあることでしたか？」

百合子は緩やかに首を横に振った。

「昔は、そんなことはありませんでした。私が再婚してからは少し気難しくなりましたけれど……あの子が変わったのは、あの人に会ってからです」

「あの人、とは」

「私の元夫で……波の実の父親。関口両次という男です」

百合子の声は低く、震えていた。

百合子は今から約二十年前――事件の起こる十年ほど前に、関口と縁を切るようにして離婚した。幼い波には、「お父さんは天国に行ったのよ」と伝えた。波が中学生になった頃、百合子は海堂誠と再婚し、家も引っ越した。しばらくは、平穏な日々が続いた。

しかし事件の数ヶ月前、百合子は関口と偶然再会した。新しい夫と暮らすために引っ越した町に、別れた男が住んでいたという不運。さらに悪いことに、その場には波も居合わせていたために、「父親は死んだ」という話が嘘だったことを知られてしまった。

関口との邂逅《かいこう》以来、波は父親に会いたいと言うようになった。それを百合子が激しく拒絶したことで、母子の関係はぎくしゃくし始めた。

波は、些細《ささい》なことで百合子に突っかかるようになった。部活やアルバイトをしているわけでもないのに帰りが遅くなり、理由を問いただせば「こんな家にいたくない」と吐き捨てる。深夜に家を抜け出すことさえあった。

「知らないほうが幸せだと思ったんです。あの人がどんな人間だったかなんて……」

百合子は疲れた声で言って、うなだれた。

「どんな人間、と言いますと？」

「……最初は、優しい人でした。私が短大を出て働いている頃に知人の紹介で出会って、一年もしないで結婚しました。それで、すぐ波を授かって……波の名前は、関口が付けたんです。海が好きで、航海士になるのが夢だったんだと言っていました」

「航海士」

「ええ、でも関口は生まれつき、色の見え方に問題があって。日常生活には支障はなかったんですが、そのせいで航海士にはなれなかったんだそうです。私が出会った時には、港湾関係の運送業で働いていました。波が生まれると、『俺の代わりに海に出て、広い世界を見てこい』って言い聞かせて、平仮名より先にモールス信号や手旗信号を教えて、二人で遊んでいました。子煩悩《こぼんのう》な、やさしい父親でした」

しかし波が五歳を過ぎた頃から突然、人が変わったように荒れ始めた。酒を飲んで暴れ、百合子を殴るようになった。酔った関口が波にまで手を上げた夜、百合子は波を連れて家を出て、二度と会わないまま離婚した。しかし波は優しかった父親の面影を忘れられなかったのか、父親との再会を邪魔する母親を敵視するようになった。

「あの日も、関口のことで喧嘩したんです。波は帰ってくるのがずいぶん遅くて……やっと帰ってきたと思ったら、『お父さんが来なかった？』って言い出したんです。私はドキッとしました。

夕方……関口に似た男を、家の近くで見かけたものですから」

「関口が？　お宅を訪ねてきたんですか？」

海堂医師は地元では有名人だ。住所を知らなくても、家を見つけるのは難しくない。

百合子は「そうだと思います」と、ためらいがちに頷いた。

「前にも近所の人に、変な男がうちの周りをうろついていたと教えられたことがあって……。それにあの日は、郵便受けに手紙が入っていたんです」

「手紙、ですか？　関口からの？」

「差出人は、書いてありませんでした。でも、宛名の字が……あれは、関口の字でした」

「その手紙には、何が書いてあったんですか？」

「わかりません。開けずに、シュレッダーにかけました。手紙は、波宛てだったんです。あの子にはもう、関口のことは忘れてほしかった」

百合子は、膝の上で拳《こぶし》を握りしめた。

「手紙には切手が貼られていませんでした。直接、郵便受けに入れられたんです。……別れて何年経ったって、暴力を振るわれた記憶がなくなるわけじゃありません。関口がうちに来たのかもしれないと思っただけで、震えが止まりませんでした」

「波さんには、手紙のことは？」

「言うつもりはありませんでした。でも、あの日、私が『誰も来ていない』と答えたら、波はものすごく怒ったんです。『お母さんは嘘つきだ』って」

波は帰宅する直前に、近所の住民から「不審な男がお宅の玄関のあたりをうろついていた。前にも何度か見たことがある男だった」と聞かされていた。波は、その男が関口だと直感したようだった。

「『お父さんが来たんでしょ、どうして隠すの』って、すごい剣幕で……私が動揺している間に、捨てようと思っていた手紙を見つけてしまったんです。私、それを無理やりに取り上げて……夫の書斎まで走って行って、シュレッダーにかけました。それであの子、ますます怒って。何て言ったと思いますか。『お母さんにはもう他人でも、私にとっては一生家族だ』って言ったんですよ。まだ小学校にも上がらない波を拳で殴った男を、家族だなんて……それでつい私もカッとなって、ひどい喧嘩を」

百合子は感情を抑えるように、胸に手を当てた。

「それで、波さんは家を出て行った。それが夜八時ごろですね」

「ええ。私、何だか胸騒ぎがして……しばらくしてから、病院に泊まり込んでいた夫に電話をしたんです。でも、波が衝動的に飛び出すのは初めてのことじゃありませんでしたから、どうせすぐに帰ってくると宥《なだ》められて……でもどうしても不安で……そのうちに、眠ってしまって。深夜の一時過ぎに警察から連絡が来て、目を覚ましました」

百合子は両手で顔を覆った。

「……後悔しました。私が居眠りなんかしないで捜しに行っていれば、波はあんなことにならなかったんじゃないかって」

「あなたのせいではありませんよ」

一息置いてから、霧島は尋ねた。

「ところで、波さんは、先天性の赤緑色覚異常をお持ちでしたか？」

百合子ははっとして顔を上げた。

「何故、それを？」

「やはり、そうでしたか」

霧島は窓からベランダを眺めた。

視界を彩る花々の、紫、青、黄色。そこには、定番といえる赤やピンクがいっさい含まれていない――不自然なほどに。

「先天性の赤緑色覚異常は赤と緑の見分けがつきにくく、日本人男性の五パーセントが該当するそうですね。関口が航海士になれなかったのは、重度の色覚異常を持っていたからでしょう。そして、父親が赤緑色覚異常を持っていた場合、娘も同じ症状を持つ可能性は五十パーセントだ」

霧島の説明に、百合子は小さく頷いた。

「あの子の色覚異常がわかってから、あの人は変わりました。あんなに可愛がっていた波を、出来損ないと罵るようになって……あの人にとっては、呪いのように思えたのかもしれません」

「呪い？」

百合子は疲れた様子で頷いた。

「関口は、航海士になるという夢を波に託したかったんだと思います。でも、波に色覚異常が遺伝して、その希望も絶たれてしまった……時々、思うんです。関口が憎んだのは波ではなくて、何処までも自分に付きまとう色覚異常そのものだったのかもしれないって」

「なるほどね」

「……どっちだっていいですね、そんなこと」

百合子は立ち上がり、割れた時計を手に取った。

「どうしてなんでしょう。大切なものって、本当にあっけなく、壊れてしまうんですね」

時計をそっと握って、娘を失った母は悲しく笑った。


「と、いうわけですよ」

「なるほど。事件当日、海堂家の周辺で関口らしい人物を見たという海堂さんの証言は、当時の捜査資料にも記載がありました。関口は、手紙の件も含めて『知らない』の一点張りだったようですが」

私が応じると、霧島は首を傾げた。

「では、警察は関口両次を疑ったのでは？　前科もあることですし、お得意の自白に追い込まなかったんですか？」

霧島の嫌味をどうにか聞き流して、淡々と答える。

「関口は事件当夜、現場から十キロ以上離れた場所にある食品工場で勤務していました。夜十時に、送迎バスで会社の寮に帰宅したことが確認されています。波さんの遺体発見現場までは車を使えば十分ほどですから、確かに犯行は不可能ではありません。しかし決定的な証拠がなく、逮捕には至りませんでした」

「なるほどね。というか」

霧島はテーブルに肘を突き、子どもが内緒話をする時のように身を乗り出した。

「今の話のポイントはそこじゃないでしょう？　僕がピンと来たのは、色の話ですよ」

「色？」

「そう。海堂波と関口両次の親子が二人揃《そろ》って、先天性色覚異常を持っていたことです」

「それが……何か」

霧島は大げさに顔をしかめた。

「何か、じゃないですよ。それこそ、『色鬼』の正体を示す重要なヒントなんです」

「どういう意味です？」

「『色鬼』が残した例の図形、あれはメッセージなんですよ。自分と同じ世界を見ている、特定の相手への」

霧島はトートバッグからスマートフォンを取り出して、画面をこちらに向けた。

画面には、私と霧島の間のテーブルが映っており、一見すると動画の撮影画面に見える。しかし、何か違和感がある。

少し考えて、気がついた。霧島の前に置かれた二つのグラス――メロンソーダとアセロラスカッシュが、どちらも粘土のような灰茶色に映っている。

「これは……」

「これはね、色覚異常がある場合の見え方を再現してくれるアプリです。便利な世の中になりましたよね、人々が互いを理解するためのツールがどんどん発展していく。人間のほうが置いて行かれそうだ」

歌うように呟きながら、霧島は今度はタブレット端末を鞄から取り出した。画面に表示されているのは、あの図形だ。外から赤、緑、青の順にぐるりと枠を縁どられ、中央に白い長方形が浮かんでいる――「色鬼」のサイン。

「この図形、僕らの目には、ずいぶんカラフルな絵に見えるでしょう。でも、先天性の赤緑色覚異常を持つ人間の目には、こう映る」

霧島は、スマートフォンをタブレット端末にかざした。

小さな画面に映るのは、灰茶色の中にぽっかりと浮かぶ――青と白の長方形。

「これが……メッセージ？」

「ええ。国際信号旗です」

「国際……信号旗？」

オウム返ししかできないことがもどかしい。

「国際信号機は、海の上で船同士が通信するために使われる世界共通の旗です。その中に文字旗というのがあって、特定の模様がアルファベットの一文字に対応します」

霧島は、スマートフォンに表示された図形をそのままに、タブレット端末の画面を切り替えた。小さな旗の画がずらりと並ぶウェブページの一部を拡大して指さす。

「ほら、これ。『色鬼』の残したマークは、『P』の文字旗の模様と同じです」

霧島の細い指の先には、スマートフォンに映っているのと同じ柄の旗があった。青の枠に囲まれた、白い長方形。旗に割り振られたアルファベットは、確かに「P」だ。

「でも……『P』が何だっていうんです？」

「読み方が違うんです」

「読み方?」

「ほら、『B』と『D』とか、そのまま発音すると聞き間違いやすいでしょう。だから文字旗は、アルファベットじゃなくて単語で発音されるんだそうです。『B』なら『ブラヴォー』、『D』なら『デルタ』。これなら似た音でも混同しない。それでね、『P』は」

霧島は笑った。とても楽しそうに。

「『パパ』、って読むんですよ」

その瞬間、背筋がぞっとすると同時に、頭の中で火花が散った。

関口は航海士を志望していた。その夢を波に託し、平仮名より先にモールス信号や手旗信号を教えていた。ならば国際信号旗も、父と娘の共通の知識だった可能性は高い。

住宅街に、商店街に、道路にくり返し残されていた――「父」を意味するマーク。

「これは……波さんから父親への、関口へのメッセージだったのか」

霧島の返事を待たず、私は早口でまくしたてた。思考がものすごいスピードで回転している感覚があった。

「波さんは、実の父親の関口に会いたがっていた。偶然の再会によって父が近所に住んでいることを知ったが、住所まではわからなかった。だから、不特定多数の目に触れる落書きという手段で、自分が父を捜していることを伝えようとした。海堂さんによれば、波さんの帰りが遅くなったのは関口に再会してからだ」

事件の日、家の周りをうろついていたという男の話を聞いて、波はその男が関口だと考えた。それは、自分のメッセージが伝わったのだと確信したからだ。だからこそ、波は百合子の嘘に激高した。父がメッセージに応えてくれたのに、母がそれを隠蔽しようとしたから。ましてや母はその後、父から届いた手紙を取り上げ、機械でバラバラに引き裂いたのだ。

そこで、はたと私は行き詰まった。

「でも波さんは、関口が自分と同じ色覚異常を持っていることをどうやって知ったんでしょうか？」

「娘が先天性赤緑色覚異常を持つ場合、その父親は百パーセント同じ色覚異常を持つんです。遺伝の法則ですね。彼女は、父親が自分と同じ景色を見ていることを確信していた」

私の疑問にあっさりと答えた霧島は、スマートフォンの画面をオフにして、話し続けた。

「連続落書き犯『色鬼』の正体は海堂波さんだった。事件の夜、母親と喧嘩した彼女は、例の落書きをするために家を飛び出し、何処かに隠していたスプレー缶を持ち出して、亡くなった。何者かがそれを使って彼女の全身をスプレーで塗り潰し、例の図形を描いた。だから彼女が亡くなってから、『色鬼』はぱったり現れなくなった」

「なるほど、そういうことだったんですね……」

「何でですか？」

「え？」

ぽんと放り投げられた疑問詞に、意表を突かれた。霧島は、じっとこちらを見つめている。

「壇さんはこの落書きを、波さんから関口両次へのメッセージだと断定しましたね。何でですか？」

「何でって——それしか考えられないだろう、だって」

「逆だとは思わないんですか？」

「逆？」

「メッセージの送り主、つまり『色鬼』が関口両次である可能性——ですよ。『パパ』は呼びかけじゃなくて、署名と受け取ることもできるでしょう」

ひやりと、背筋が痺れるように冷えた。

「ましてや、関口には事件当夜の完全なアリバイがない。関口が波さんをメッセージで誘《おび》き出して殺害し、現場に『署名』を残したと考えるのは極めて自然だ。なのに何故、あなたは関口両次ではなく、海堂波が『色鬼』だと断定したんです？　さっきまではあんなに、『色鬼』が波さんを殺したと主張していたのに」

「それは……いや、言われてみれば、確かに、そういう考え方も」

「悪あがきはいいですよ」

霧島はにんまり笑った。

「壇さん、本当は知ってたんでしょう？　海堂波さんが、『色鬼』だって」

「馬鹿馬鹿しい……どうして、私が」

言い返す声が掠れる。霧島は無邪気を装って首を傾げた。

「だって、手が濡れたんでしょう？」

「は？　手？」

「不思議なんですよ。壇さんは、一体、何でそんなに手を汚したのかなって」

太ももで手を拭う。何も付いていない、もう汚れていないとわかっているのに、この十年間止められなかった癖。

「これは」

「波さんの遺体を発見し、意識の有無を確認するために体に触れ、手が汚れた、そうでしたね。でも、そんなわけないんですよ」

「そんなわけないって、どうして」

「だって、波さんの遺体は遅くとも十一時には現場に遺棄されていた。あなたが遺体を発見するまでに一時間の猶予があった。それだけ時間があれば――血だって、カラースプレーの塗料だって、乾くんですよ」

乾く？　そうだっただろうか。あの路地で、交番と本署に連絡を入れた時、海堂波の遺体は乾いていただろうか？

「いろいろなメーカーのカラースプレーを調べてみましたけど、夏場ならせいぜい三十分もあれば乾燥には充分だ。ましてや事件の夜は、風が強かったんだから。というより、逆ですかね。現場の塗料が完全に乾いていたから、遺体が十一時までに遺棄されたと判断されたんでしょう」

霧島はテーブルに肘を突き、身を乗り出した。

「それで？　あなたの手は、一体いつ、何で汚れたんです？　慣れない手つきで遺体に吹き付けたスプレー塗料？　それとも……突き落として殺した海堂波の、血かな？」

あの夜の生温い空気。オイルの鼻につく臭い。手に残るべたついた感触。

落ち着け。誰も――知る筈はないのだ。

「……違います」

私は、殺していない。ただ――手を、伸ばしただけだ。

耳元で、びょうびょうと、風の音が響き始める。


あの日、パトロールを始めたのは夜十時過ぎだった。交番を出てすぐ、大通りで自転車を止めてチェーンを調べていた時に、歩道橋の上で海堂波を見かけた。波は酔っ払いのように覚束ない足取りで、向かいの歩道へ続く階段を下ろうとしていた。

いくら気に食わない子どもでも、深夜におかしな様子で徘徊《はいかい》しているのを放っておくわけにはいかなかった。私は歩道橋を駆け上がり、波に追いついた。

「海堂波さん」

声をかけると、波が振り返った。その上半身が、ふいに大きくぐらついた。

あっと思って伸ばした手が、波の薄い肩に当たる。波はそのまま声一つ上げずに階段を転がり落ちて、歩道の縁石に頭を打ち付けた。

私は慌てて階段を駆け下りて、波を抱き起こした。途端、砕けた頭蓋骨のぐんにゃりとした感触が伝わってきて、ぞっとして手を引いた。

私の手のひらは、血で真っ赤に染まっていた。

おそるおそる波の目に懐中電灯の光を当てたが、反応しなかった。

死んでいる、と理解した時、背筋がそそけ立った。こんな風にあっけなく、あっさりと死が訪れることが信じられなかった。日常の中に、異分子が紛れ込んできたようだった。

震える手の中の懐中電灯が、海堂波の持っていたビニール袋を照らし出した。袋の口が開いていて、中にはカラースプレーの缶が見えた。赤、青、緑、白。

私ははっとして、波の全身を照らした。全身黒ずくめの格好で、背はそれ程高くない――金物屋の主人の証言と一致する。しかも四色のカラースプレーを持って、深夜に町をうろついていた。

もしかして、彼女が「色鬼」だったのか。確かめることはもうできないが――たまたま私の目の前で亡くなった少女が連続落書き犯だったかもしれないなんて、中途半端にドラマチックな展開だ。

その三文芝居が、私の人生を破壊する。

――今ここで署に連絡を入れたらどうなるだろうか？

私はぐったりと脱力した波の体を見た。黒いパーカーは汚れているようには見えない。しかし優秀な鑑識員たちは、指の形の油染みを浮かび上がらせるだろう。そこに刻まれた指紋ごと、くっきりと。

あの時、振り返った彼女の肩に手が当たった。直前に触っていた自転車の整備オイルで汚れた手が。でもそれは、ほんの軽くだった筈だ。彼女が、勝手に落ちたのだ。

――本当に？

この手がどれ程の力で波の肩に当たったのか、人一人を突き落とす程の威力はなかったと、胸を張って言い切れるか？

おまけに私には、不良少年を殴ったという前例がある。波を良く思っていなかったことも、先輩や同僚に知られている。

次に何か問題を起こしたら飛ばされる。最悪、警察官でいられなくなる。刑事になるという夢は永遠に叶《かな》わない。父や実家の工場を犠牲にしても、諦められなかった夢が。

この、勝手に階段から落ちて死んだ娘のせいで？　何不自由ない生活を享受している癖に、ささいな不満をまき散らして周囲に迷惑をかける、生意気な子どものせいで？

まして、彼女が「色鬼」だったのなら、この娘は犯罪者だ。犯罪者のために、警察官である私の未来が潰される？　刑事になるために、日夜努力を重ねている自分の将来が？

そんなことは——我慢ならなかった。

ほんの数ヶ月前に、私は脳梗塞の後遺症が残る父を施設に入れ、実家の町工場を二束三文で売却したところだった。私は、刑事になりたかった。借金まみれの実家に足を引っ張られるなど、ごめんだった。もちろん、犯罪者にだって。

指の形の油染みを隠すために、カラースプレーを吹き付けることはすぐに思い付いた。これさえなければ、歩道橋から転落しただけの事故死で片づけられたのに——と悔やんでも遅い。隠したいものを特定できないように、全身を塗り潰す必要があった。お誂《あつら》え向きに、「色鬼」の使っていた塗料が手元にあるのだから、「色鬼」の犯行に見せかけることにした。それならば遺体を装飾する猟奇性にも、一応はそれらしい説明がつくだろう。

私はすぐに行動を開始した。海堂波の遺体を路地に隠し、カラースプレーを吹き付け、記憶を頼りに例の図形を描いた。

それから私はその場を去った。誰かが通報してくれることを願いながら自転車をゆっくりと漕ぎ、いつもなら相手にしないような繁華街の酔っ払いに懇切丁寧に対応し——あの路地に戻ると、状況は何一つ変わっていなかった。ＫＥＥＰ　ＯＵＴの黄色いテープも、群れる野次馬の姿もない。私は仕方なく自転車を止めて、無線を手に取った。
私は――少女を見つけただけだ。あの夜に起きたことは、ただそれだけだ。

「壇さん？」

霧島の声に、私は過去の記憶から覚醒した。

「どうしました？　急に黙って、ぼーっとしちゃって」

「……いえ、別に」

私はアイスコーヒーのグラスに手を伸ばしかけて、止めた。グラスの表面と同じくらい――いやそれ以上に、手のひらが汗ばんで濡れていたからだ。かすかに震えてもいる。

太もものあたりのズボンの生地が湿っている。また無意識に手を拭っていたらしい。

「とにかく……変な言いがかりはやめてください。私は海堂波さんを殺していないし……遺体を飾ったりもしていない」

「飾る、ねえ。何だか犯人に肯定的な表現ですね？　遺体をあんな風にした行為を表すなら、汚す、のほうが適切だと思いますけど」

「……言葉遊びはやめろ。何の証拠もなしに」

乗せられるな、と自分に言い聞かせる。

あの夜のことは誰も知らない。どれほどつつき回したところで、何一つ立証できる筈がないのだ。

しかし何故か、霧島は笑みを崩さない。

「確かに証拠はないですけど、でもロジックならお話しできますよ」

「ロジック？」

「そう、辻褄と筋道の合う解釈、あるいは机上の空論――海堂波の死の因果に、説明をつけられる」

霧島の語り口はからりと明るく、それ故に違和感を掻き立てる。

「……どういう意味ですか」

「海堂波さんの死因は、脳挫傷でしたよね。でもそれ以外に、急性硬膜外血腫《こうまくがいけっしゅ》の症状も見つかった。急性硬膜外血腫とは、頭を打つなどして脳を覆う硬膜の表面の動脈から出血し貯留することで、硬膜と頭蓋骨の間に血腫ができて脳を圧迫する状態をいいます」

霧島はスマートフォンを見ながらすらすらと言ったが、聞き慣れない漢語ばかりで、うまく内容を理解できなかった。戸惑う私に、霧島は愉快そうに目を細めた。

「簡単に言うと、硬膜外血腫というのは、何時間もかけて硬膜と頭蓋骨の間に血が溜まることで起きるんです。つまり彼女は歩道橋から落ちる前に、すでに一度頭を強く打っていたってことになる。死んだらもう出血しませんからね」

「それが、事件に関係あるんですか」

「まあ、聞いてくださいよ。硬膜外血腫の特徴は、『意識清明期』があることです」

「意識、清明期？」

「ええ。頭を打ってから数時間――場合によっては二十四時間もの間、本人には自覚症状がほとんどなく、従っていつもと何ら変わりなく活動して生活する。これが『意識清明期』です。周囲はもちろん本人すら、自分の頭の中で起きている異常に気づかない。そして溜まった血が脳を圧迫するようになると、頭痛や嘔吐、意識障害を発症、時には突然意識を失うこともある」

霧島は、舞台効果を狙うかのようにわずかに沈黙してから、言った。

「海堂波さんは、階段を下りている途中で急に意識を失い、転落したのでは？」

あの日、海堂波は——覚束ない足取りで歩き、突然がくりと崩れて、悲鳴一つ上げなかった。あれはただ足を踏み外したのではなく、あの時すでに意識がなかったのか。だから声もなく、助けも求めず、あんなにあっさりと。

「では、波さんは一体いつ、何処で、急性硬膜外血腫を起こす程に強く頭を打ったのか？　心当たりはありますよね。だって彼女、家を飛び出す時に、腕時計が壊れるくらいの大喧嘩を母親とやらかしてるんですから。当の母親曰く、『すごい剣幕』で」

「喧嘩……？」

「波さんの腕時計は、事件の日の八時前で止まっていました。耐衝撃性が売りの腕時計のカバーガラスがひび割れるって、なかなかのものですよ。もっとも、時計が波さんの部屋で見つかったのは五年前でしたね。捜査当時はまだ見つかっていなかったわけだから、見落とされたのは仕方のないことですが」

「……海堂さんが波さんを殴ったか、突き飛ばしたかして……その時の衝撃で硬膜外血腫を起こし、彼女は階段から落ちて亡くなった、と……」

「関口から届いた手紙を、百合子さんは波さんから『無理やりに取り上げた』と言っていました。その際に、もみ合いになっていたとしてもおかしくない。あくまで可能性、証拠のない『ロジック』ですけどねえ」

あてつけのような霧島の言葉は耳を素通りする。アイスコーヒーのグラスを鷲掴《わしづか》みにし、一気に飲み干した。

その「ロジック」に則るなら、私は正真正銘、何も悪くない。海堂波の死に、何の責任もない。

勢いあまって飲みこんだ空気とともに、こぽりと安堵《あんど》が湧き上がって――ほんの一瞬で消えた。

ちょんと小首を傾げて身を乗り出した霧島が、こう投げかけたからだ。

「どっちがいいですか？」

「……何が」

「僕は百合子さんに、調査結果を報告します。僕は僕のロジックを、彼女に話すことも、話さないこともできる。海堂波が階段から落ちた原因は、誰かさんと喧嘩して頭を打った後遺症のせいかもしれないし、通りすがりの何者かに突き落とされたせいかもしれない。娘の遺体をあんな風に汚したのは、顔見知りのお巡りさんだったかもしれない。そういう、あらゆる可能性をね」

「そんな……出鱈目《でたらめ》を」

「可能性を伝えるだけですよ。百合子さんが何を信じるのか、それは彼女の自由だ」

私は呻《うめ》きを喉で押し殺した。

こういう事態を避けるために、霧島に会った筈だった。好き勝手な情報を流されないよう牽制し誘導するために、わざわざ捜査資料の情報までちらつかせたというのに――気が付けば霧島の話術に乗せられていた。

それでも、百合子には、知られたくなかった。

「……要求は何だ？」

霧島はにんまり笑った。悪魔の微笑みだ。

「写真をください」

「写真？」

「壇さん、今は資料管理係にいるんでしょう？　事件の捜査資料をこっそり見られる立場にあるわけだ。それなら、写真の一枚や二枚、複製を取れるでしょう？」

「何の……写真を」

「海堂波さんの、遺体発見現場の写真」

ぞわっと、毛が逆立つような感覚が全身に走った。

「……あんた……悪趣味だな……犯罪マニアか？　それとも死体マニア？」

「違いますよう」

子供じみた仕草で、霧島は口を尖らせた。

「僕は、写真が好きなんです。なんたって本業ですからね」

「本業？　あんた、フリーライターじゃないのか」

「あ、まだ言ってませんでしたっけ」

霧島はポケットから革の名刺入れを取り出した。テーブルに置かれた名刺には、シンプルな書体で「写真家　桧山」と書かれている。

「写真家……？」

「そう。さっきお渡しした『霧島』の名刺は、僕の知り合いのものでして」

「偽名を使ったってわけか」

「そんな悪質な話じゃありませんよ。霧島は僕の友達で、節操なしの売文家でしてね。このSNSの企画も、引き受けたはいいが手が回らないとかで、僕がいろいろと手伝わされているんです。だから、まあ、僕は替え玉というか代役というか、そのようなもので」

たまにはボーナスがないとやってられませんよ、と霧島――否、桧山は上機嫌に言う。

「この事件について調べた時から、ずっと気になっていたんです。現場は一体どんな感じだったのかなあって。どんな明度と彩度の赤と青と緑と白がまき散らされているのか、秩序だっているのか無秩序なのか、はたまた無秩序の果てにある種の秩序が生まれるものか、見てみたくって仕方なかった。おまけに、その地獄絵図を作った張本人ともこうしてお話しできた。作者の人となりを知ってから見る作品は、また格別なものですからね」

歌うように述べる桧山は、ただ、おぞましいの一言に尽きた。

絵画や音楽の批評のように飾り立てた言葉で桧山が語り、見たがっているのは、死体だ。まだ十代で未来を失った少女の最期の姿なのだ。その母親の嘆きと心労を目にしてなお、どうしてこうも恍惚《こうこつ》とした様子で、己の欲望をペラペラと話すことができるのか。

「あんた、最低だな」

桧山はきょとんとして私を見た。

「あなたが言います？」

私は返す言葉を持たなかった。

目の前で死んだ少女の遺体をけばけばしい原色で汚し、結果として真相を覆い隠したのは――

私だ。私の保身と私情だ。

「それで、どうなんですか、壇さん？　僕の条件、受けますか？　断りますか？」

桧山の、勝利を確信した笑みが腹立たしい。

「……わかった。写真は渡す。その代わり、海堂さんには、『何もわからなかった』と伝えろ。それがこちらの条件だ」

「ん？　何も、ですか？」

「そうだ。私が話したことも、あんたのロジックとやらも、何も話す必要はない。娘の死に自分が関与した可能性なんて、知らなくていいんだ」

あの人は、何も知らなくていい。

海堂百合子は、正しき母だ。子を愛し、心を砕き、守ろうとする、あるべき姿の母親だ。亡き娘の目に鮮やかに映る色の花ばかり選んで飾り、十年も前の事件の情報を知りたいと、怪しげなSNS企画にさえすがってしまう人だ。

娘と喧嘩をしたことが娘の死を招いたのだとしても――それは事故だ。たった一度のそんな過失で、あの人のこれまでの献身が無にされるなんて、あまりに残酷ではないか。

それが、かつて彼女に淡い思慕を寄せていた私の、なけなしの良心だった。

私の言葉をどう解釈したのか、桧山は鷹揚《おうよう》な態度で頷いて見せた。

「まあ、いいや。こればっかりは、知らせないほうが喜ばれるかもしれないし。わかりました。百合子さんには、何も話さないと約束しましょう」

「……あんたが約束を守る保証は？」

「さすが、用心深い。それなら、こういうことでどうでしょう。海堂百合子――否、佐々木百合子の連絡先を教えますよ。直接本人に確かめればいい」

桧山は自分の名刺を手に取り、備え付けのボールペンで数字を書き込み始めた。十一桁の、携帯電話の番号。

「住所も書いておきましょうか？」

一瞬、何を言われているのかわからなかった。

「ちょっと――え、何を」

「彼女、五年前に離婚したんですよ。波さんの部屋を片付けて、遺品を引き取ったのもその時です。今はマンションで一人暮らしですよ」

会いに行ったらよろしいですよ、どうぞ僕をダシにして――桧山はくすくす笑いながら、こちらに名刺を押し出した。

十年前の姿を思い出す。青ざめた顔、まとめた黒髪はところどころ乱れて、後れ毛がこぼれていた。虚《うつ》ろで疲れ切った表情で、受け答えはまるで上の空だった。

あの時私は、母もこんな風に私を思ってくれただろうか、と思った。子どもを手放した罪悪感に苛まれ、眠れぬ夜を過ごしていればいいのに、と願った。

そんな風に憔悴してなお――美しい女性だったのだ。

「……約束は、守ってくださいよ」

私は、テーブルの上の名刺を手に取った。

「ええ、もちろん。ちゃんと、守りますよ」

桧山は、ピエロのように大げさに破顔した。

その、一週間後のことだった。

私は桧山に約束の写真の複製を渡したものの、百合子には連絡を取れずにいた。しかし、あまり間が開いても、もっと気後れするだけだ。

今日こそは——と思い、スマートフォンを握りしめながら、庁舎から駅までの道を歩く。家に帰ったら電話してみよう、さらりと軽い感じで……いや、でも……。

踏ん切りがつかずにのろのろと歩いていると、手の中のスマートフォンが振動した。画面に夕日のオレンジ色の光が反射して見えづらいが、知らない番号からの着信だった。

「はい、もしもし」

耳に押し当てた端末から、荒い息遣いが聞こえた。

「あの、もしもし？　……悪戯《いたずら》なら、切りますよ」

「壇裕司か」

犬の唸るような、男の声だった。敵意と怒りがびりびりと伝わってくる。

「……誰だ」

「関口両次だ。わかるな？」

頭が真っ白になる、というのは、こういう状態を言うのだろう。

「あんたが、おれの娘に何をしたのか、全部聞いたよ。あんたそれで、今も平然と警察官やってるんだって？　ふざけやがって」

「わ、私は」

「あれは、おれと娘の合言葉だったんだよ。それが、あんなわけのわからねえことになってよお……。許さねえ。覚えておけ、おれはあんたに、必ずツケを払わせる。せいぜい気をつけろ」

唐突に電話は切れた。

桧山だ。あいつに違いない。私は条件を守ったのに、あいつは……。

私は名刺にあった桧山の番号に電話をかけた。数回のコールのあと、「はい」と、あの腹立たしい猫撫で声が応じる。

「桧山、あんた、一体どういうつもりだ。約束を破ったな」

「嫌だな、言いがかりはよしてくださいよ。僕はちゃんと、約束通りにしましたよ」

「ふざけるな。今、関口両次から電話があった。あんたが話したんだろう」

「ええ」

桧山はあっさりと答えた。

「だって、関口両次さんは、海堂波さんの父親――つまり、ご遺族ですから」

私は絶句した。

遺族以外には決して情報を漏らさない。百合子には『何もわからなかった』と伝える。

私の出した条件は、確かにその二つだけだった。

電話の向こうで、桧山はくすくすと笑った。

「鬼に見つかっちゃいましたねえ」

「鬼？　何言って」

『『色鬼』ってね、安全な色に触っている限りは、どんなに強くて足の速い鬼でもあなたを捕まえられない遊びなんです。あなた、ずっとそこで息を潜めていればよかったんだ。それなのに、欲かいて、新しい色にふらふら誘き出されたものだから、鬼に追われることになったんですよ」

桧山の声は優しく、軽やかで、嘲笑《ちょうしょう》的だった。

私が誘き出された？　それは――桧山の交換条件に応じたことを指すのか。それとも、事件について桧山に話して聞かせたことか。

「あんた、どうして……関口をたきつけて、あんたに何の得があるんだ」

「だって、可哀そうじゃないですか。海堂波さんが」

大げさに嘆く口調は、何処かうっとりしているようにも聞こえた。

「あんなに一生懸命お父さんを捜して、求めて、愚かしいまでにひたむきで――僕はそういうものが好きなんです。それなのに、誰にも何にも伝わらないまま忘れられていくなんて、あんまりだ。そうでしょう？」

言っている意味がわからなかった。そんな理由で他人の人生を狂わせて、神様気取りか。いや――むしろ、悪魔と呼ぶべきか。

絶句する私に、桧山は軽やかに言った。

「それじゃ、頑張って、逃げてくださいね」

笑い声を残して、電話が切れた。

すぐにかけ直したが、繋がらない。何度かけても同じことだった。

逃げる、だと――何処に、どうやって？

関口は暴力的な男だ。しかもこちらの身元は割れている。いつ襲われてもおかしくない。今この瞬間だって、何処かで息を潜めて私を監視しているのかもしれない。そして人目がなくなったところで――自分の想像に首を絞められ、背筋がぞっとする。

――一つだけ、関口から逃れる手は、ある。

関口両次は、娘の死を汚されたことに怒っている。ならば、娘を死なせた元凶には、もっと深い憎悪を抱いている筈だ。そちらに攻撃の衝動を誘導すればいい。

関口両次は、桧山の「ロジック」を最後まで聞いただろうか。もし聞いていないなら、私から話せばいい。海堂波が何故歩道橋から転落したのか。一体何故、誰のせいで、頭を強打することになったのか。

私の手元には、百合子の連絡先がある。彼女を誘い出し、関口両次に差し出せば……。

最後に見た百合子の姿を思い浮かべる。青白く、疲れ果ててやつれた横顔。一筋乱れた黒髪。薄い肩、小さな背中。

正しき母だと思っていた。子のために献身する、健気《けなげ》で美しい母親像を体現している人だった。だからこそ、あの忌まわしい記憶とともに、この十年間忘れたことはなかった。けれど――結局、私の「母」は二人とも、子どもを守ってはくれなかった。それなら、自分の身は自分で守るしかないではないか。

私はスマートフォンを握りしめる。

夕焼けで鮮やかに彩られている筈の世界が、何もかも褪《あ》せた灰色に見えた。

手つなぎ鬼

手つなぎ鬼（てつなぎおに）

①「子殖やし鬼」の一種。鬼につかまると鬼と手をつないで一緒に逃げ手を追う。鬼が４人になると、２人ずつ２組に分かれて追う。

②「つなぎ鬼」と同じ。

そこにはもう、何ンにもねえンだ。もともと、何ンもなかったみてえに。

もう五月だってのに、海沿いの道の風は冷たくってゾッとする。夜が明けたばっかりの空はまだぼんやり暗くて、波打ち際は泥水が打ち寄せているみてえだ。薄汚れたガードレールのこちら側には、浜から吹き飛ばされてきた砂が散らばっている。

砂でジャリジャリするアスファルトの狭い道を行くと、その先はすぐに行き止まりだ。道の先に広がる防砂林の一角が、そこだけ削り取られたみてえに、ぽっかりと空いている。

色あせたペラペラのブルゾンの中で肩を縮めて、おれはその場所を眺める。毎朝毎朝、馬鹿みてえだと、自分でも思う。

数年前に女房に先立たれて、時間をもてあますようになった。息子も娘もとっくに家を出て、顔を見るのは盆と正月くらいのモンだ。八十が近くなってからは、歳のせいか、やたらと早い時間に目が覚めて、二度寝もできねえ。それで、何ンとなく、朝からぶらぶらと出歩くようになった。

あいつも、そうだったンだろうか――女房の痩せた背中を思い出す。毎朝せっせと仏壇を掃除していたのは、信心や供養ってわけじゃなく、単に目がさえて暇だったのかもしれねえ。

口数の少ない、大人しい女だった。正直、惚れて一緒になったわけじゃなかった。周りのおせっかいに流されて籍を入れたってだけで、それは向こうも同じだっただろう。それでも、おれがつまらねえ理由で仕事を変えて稼ぎを減らそうが、酒場に入り浸って何日も帰らなかろうが、文句ひとつ言わねえ女だった。今思えば、よくできた女房だった。

それなのに、ベタベタした潮風に交じって聞こえてくるのはあいつの声じゃないンだから、おれは薄情な夫だ。

にいちゃん、と、甲高い声が喚《わめ》く。

にいちゃんのぐず！　はやくして！　はやく、手ェ、取って――。

「撮っていいですか？」

後ろから聞こえてきたのは、男の声だった。

振り返ると、ひょろりとした若い男が立っていた。足首まで届きそうな長い砂色のコートがバタバタと風にあおられて、うるせえったらありゃしねえ。砂まみれの高そうな靴だっていかにも洒落ていて、こんな田舎の海辺には場違いもいいところだ。髪も、強い風にかき回されてクシャクシャになっている。そんな散々な有様だってのに、男の大きな口は笑みを浮かべている。

「撮っていいですか？」

男は目を細めて、もう一度言った。手には、顔よりもデッカくてゴテゴテしたカメラを抱えている。

おれは返事をしなかった。別にここは、おれの土地でも何ンでもねえンだ。顎を引いて顔を背けると、男は「ありがとうございます」とうさん臭く笑って、おれを追い越した。

男がカメラを向けたのは、防砂林の中のあの空き地だった。男がカメラを抱えて跪き、シャッターを切っている間に、おれは男に背を向けた。

こんな何ンにもねえ場所をわざわざ撮りに来たくらいだ。きっと、あの事件のことも知っているンだろう。それならなおさら、顔を突き合わせたくはねえ。

「ここ、なんですよねえ」

後ろで男が声を張り上げる。おれは無視して歩き出し、男から遠ざかる。

「え、ちょっと、無視しないでくださいよお」

男はやかましい足音をたてて、横に駆け寄ってきた。おれは顔も見ねえで、手を振って追いやろうとした。

「うるせえな、あんた。何の用だよ」

「この場所の話を聞きたいんですよ。ここで六十年前に起きた事件の話を」

「六十年前?」

男はおれの前に回り込む。避けて進んでも、さらに付きまとってくる。

「ええ、ある女が嫉妬《しっと》に狂い、惚れた男とその情婦を斬り殺して家に火をつけ、自らも命を絶った事件です」

「へえ」

「下手人の女は『心中立《しんじゅうだ》ての鬼女《きじょ》』と呼ばれた。何故なら、死んだ女には片方の小指がなかったから。心中立ては、ご存じですか？」

知っているさ。

その昔、客に惚れこんだ遊女は、本気の証に自分の体を傷つけた。入れ墨に血判、果ては爪を剝いだり指を切り落としたりして、相手に送りつけた——それを「心中立て」と呼ぶンだと、教えられた。

とうに、昔の話だ。

「……そんな古い話、今さら何ンだってンだ」

「古い話ですが、実際に起きたことです。あなたの妹さんに」

思わず足を止めたおれの顔を、男が覗《のぞ》き込む。

「『心中立ての鬼女』は、あなたの妹の千草さんですよね。樫本一彦《かしもとかずひこ》さん」

男はそのまま、おれのあとをしつこく付いてきた。

雑草がビッシリ生えた細い道をグネグネと、三十分ほど斜面を登る間、男は聞きもしないことをベラベラと喋り続けた。おかげで、男の名前が霧島だってこと、職業は記者で、今は「鬼」についてのうわさや体験談を書く仕事をしていることなんかを、聞きたくもねえのに知る羽目になった。もやしっ子の癖によく息が切れないモンだと、それだけは感心してやってもいい。

山道はやがて、すさまじく凸凹《でこぼこ》しているが一応は舗装された道になり、シャッターと色あせた看板の並ぶ商店街に入った。おれたち以外には人っ子一人見当たらず、たまに聞こえてくるテレビの大音量で、通りがかったその家に人がいることがわかる。住んでいるのはみな、おれとどっこいどっこいの年寄りばかりで、どいつもこいつも耳が遠い。

商店街を進む間も、霧島の口は止まらない。

「それで、『鬼』についての体験談をSNSで募集して——あ、SNSってわかります？　ソーシャル・ネットワーキング・サービスの略語で、インターネットを通じてユーザーが——あ、ユーザーってわかります？　参加者とか利用者って意味なんですけど。っていうか、樫本さんは、普段インターネットとか使われます？」

「……なア、あんた」

「はい？」

「SNSだか何ンだか知らねえけどよ、あんたはうわさ話があるってだけで、こんな田舎まで来ンのか」

「まあ、今回は情報提供がありましたので」

霧島がすまし顔で答えたところで、ついにおれの家に着いてしまった。

商店街の突き当り、親の代から住み続けて築何十年になるかもわからねえ、平屋の安普請。女房が死んでからは、家の周りの掃除もろくにしねえで、傷んだ壁や屋根もほったらかしだ。年々、隙間風が強くなるように感じるのは、気のせいばかりじゃねえだろう。

「ご自宅ですか？」

霧島はしげしげと家を眺めた。ピカピカだった靴は泥だらけになり、コートの裾は草の汁で汚れていたが、気にした様子もない。

「ああ」

「へえ、お隣も？」

霧島は、同じ敷地にある隣の建物に顔を向けた。屋根は崩れかけ、窓ガラスも割れて、誰が見たって廃屋同然の空き家だ。

「いや……昔はそっちで酒屋をやってたが、親父の代で辞めたンだ」

「ふうん。で、家に連れて来ていただけたってことは、お話聞かせてもらえるってことですか？」

しゃあしゃあと言う様子は、図々しくも、無邪気にも見える。

「あんた、誰かに話を聞いて、ここに来たって言ってたな」

「きっかけはそうですね。でもちゃんと、下調べはしてきましたよ」

霧島は大げさに胸を張る。そりゃあ、そうだろう。おれと妹のことを承知で、あの場所にまで押しかけてきたンだから。

「だったら、その下調べってやつを、適当に記事にすりゃいいだろう。何でわざわざ、こんなところまで」

「でも、数が合わないもので」

霧島はわざとらしくため息をついた。

「数だア？」

「当時の地元の新聞とかゴシップ誌を、アーカイブで調べたんですけどね……今から約六十年前の一九六三年の十二月、海辺の山林の小屋から火が出て、全焼した。焼け跡から、男女二名の死体が発見された、ということですが」

霧島は左手の指を二本立て、笑いかけてきた。

「ね、数が合わないでしょ？　『心中立ての鬼女』は、自分を捨てた男と、男の情婦を斬り殺して、さらに自分も命を絶ったんだから——死体は三人分見つからないとおかしい」

言いながら、右手で三本の指を立てている。子どもの手遊びみてえな仕草が妙に似合っていて、不気味だった。

こいつは、知っているンだよな。その火事で、おれの妹が死んだこと。

それなのに、何ンでこんなふざけた真似《まね》ができるンだ。

まあ、世間なんて、所詮はそんなモンか。身内でも仲間でもない相手にゃ、何したって平気なンだ。

「……なア、霧島さんよ」

おれは鍵を取り出して、建付けの悪い引き戸の玄関をガタガタと開けた。霧島に背を向けたまま話しかける。

「あんた、おれが話したら、伝えてくれるか。あんたにその話をした人に」

「ええ、というか、うかがった話はインターネットで公開されるので、何なら世界中に伝わりますよ」

「世界中」

そいつは、途方もねえ話だ。

この六十年、誰かに話そうとは思わなかった。あの事件が起きておれは地元を離れ、戻ってきたのは親が死んだ後だ。その時にはもう、当時のことをわざわざ掘り返すやつはいなかった。だからおれも、誰にも何ンにも言わなかった。

でも、おれだってもう、そんなに先は長くねえ。それなら、話したっていいか。いや、話すべきなのかもしれねえ。

世間じゃ、恐れられて気味悪がられて嘲笑《あざわら》われた「鬼女」の話――馬鹿でかんしゃく持ちで甘ったれだった、かわいそうな妹の話を。

「……話は、中でしてやるよ」

おれは霧島を振り返った。

霧島は、「お邪魔します」とニンマリ笑った。


あの事件が起きた一九六三年、おれは十八で、妹の千草《ちぐさ》は十六だった。

今じゃ高度経済成長期とか呼ばれているあの時代のことなんざ、今の若いモンには想像つかねえだろうな。このあたりじゃ、舗装された道なんてありゃしなかった。泥だらけの道にゃ、犬の糞がゴロゴロ落ちていて、道の脇の側溝にゃ臭えドブ川が流れてた。たまに何処からか車を乗りつけてきた金持ちが、タイヤを側溝に落として慌ててたモンだ。

どいつもこいつも今よりずっと貧しかったが、世間は狂ったように上っ調子だった。東京でオリンピックが開かれると決まってからは、特にそうだった。遠く離れたこんな田舎でさえ、夏祭りの夜に提灯明かりがズラリと並んだような浮かれた空気が漂っていた。朝になりゃ、井戸端会議で女どもがベチャベチャと聞きかじった横文字を並べるだけのお喋りをくり広げ、夜になりゃあっちでもこっちでも、酔っ払いが安酒片手に景気について偉そうに一席ぶっていた。

当時、おれは親元を出て、ふもとの町の工場に住み込みで働いていた。ここいらは、今じゃあんな寂れた商店街だが、昔は近くで温泉が出て、ちょっとした旅館なんかもあった。ふもとの町には鉄道も通っていて、湯治客でそこそこ賑わっていたから、山ン中にあったうちの酒屋もそれなりに繁盛していた。

おれは長男で、中学を出た後は店で親父の手伝いをしていた。親父は短気で、すぐ手が出る乱暴な男だった。ガキのころは親父の拳が怖くてビクビクしたモンだが、中学を出た時には体格じゃ負けなくなっていたから、殴られる度にやり返してやった。親父はそれが気に食わなかったのか、とうとう「お前なんか息子じゃねえ、勘当するから出ていけ」と言い出して、おれはおれで「てめえみてえな親父はこっちから願い下げだ」と売り言葉に買い言葉、家を飛び出したのが十七の時だ。

そのまま地元を出ることも、考えなかったわけじゃねえ。あのころは集団就職が流行っていて、中学を出るとそのまま東京に行くやつも多かった。学も食いブチもねえ十五のガキどもは、工場や店で安く使うのに具合がよかったンだろう。そういうやつらを乗せるための「集団就職列車」なんてモンまであった時代だ。

でもおれは、地元を離れるのは嫌だった。もう十七になっていたし、今さら年下に交じって上京するのも気が進まなかった。

結局、中学の時のツレのツテで、工場で働き始めた。仕事はキツかったし、住み込みの寮の部屋は狭くて汚くて、おまけに飯もまずくてウンザリした。でも同じ年ごろの知り合いができるのは楽しかったし、親父にアレコレ言われずに済む生活にせいせいした。

それでずるずると働き続けていた秋口のある日に、千草が突然、ふらりと訪ねてきた。

「一彦さん、いますかア？」

風呂敷包みを抱えて寮の玄関先に立ち寄った千草は、わざとらしくしなを作って大声を上げた。知り合い連中は口笛を吹き、おれを指さして笑い声を上げた。男同士が顔を突き合わせてむさくるしい共同生活をしてりゃ、若い女が来たってだけで大騒ぎになる。それに、身内のひいきを差し引いても、千草は悪くない器量だった。「オンナかよ、オイ、隅に置けねえなア」と小突き回してくる連中に、おれが「妹だよ」と怒鳴り返すのを、千草はニヤニヤ笑って見ていた。

「何しに来たンだ」

野次馬どもをどうにか追っ払ってから尋ねると、千草はツンとして答えた。

「何って、様子見に来てあげたんじゃないの」

「親父がうるせえだろう」

「黙って出てきた。大丈夫、酔っぱらって寝てたから」

「お前なア……またぶたれンぞ」

「何よ、にいちゃんが心配だから、無茶して来てあげたんじゃない。それに、あんなかび臭い店に押し込められてるより、こっちのほうが楽しいから」

「何ンだ、そっちが本音かよ」

「そうよ、それじゃ悪い？」

あたしもこっちがよかった、にいちゃんはいいなア――と、千草はつまらなそうにぼやいた。

おれと千草は歳が近かったが、その下の弟と妹たちはまだ十にもなっていなかったから、お袋はガキどもの世話で手が離せなかった。だから店で親父を手伝うのはおれと千草の仕事で、おれが抜けたあとは一人でそれを引き受けていた千草が「店に押し込められてる」って言うのも、大げさな話じゃなかった。親父は何でも自分の目が届かねえと不機嫌になる男で、お袋やおれたちが自分抜きで出かけるのを嫌っていた。

だからこそ、おれは親父から離れていられる暮らしが気に入っていた。とはいっても、能天気に「いいなア」と言われるほど楽な生活でもねえ。

「うるせえなア、何がいいなアだ、お前もいっぺんおれと同じ暮らしをしてみろ、そんなこと言えなくなるぞ」

「そうかな。あたしがにいちゃんと同じ暮らしをしたら、にいちゃんより稼げる自信があるけどね」

千草があまりに勝ち誇った顔をするモンだから、言い返す気も失せた。

千草はガキのころからお転婆で、気が強くて、かんしゃく持ちだった。気に食わないことがあると、ひとの倍もよく回る口でギャンギャンと喚きたてて、なだめすかされても叱り飛ばされても言うことを聞きゃしねえ。親父の前ではわりに大人しくしていたが、それでも隙を見て何かやらかしちゃ、親父の逆鱗《げきりん》に触れていた。何度殴られたって懲りない千草を、お袋は怖がってさえいた。学校でもそんな態度だったから、級友にも教師にも嫌われてたみてえだが、千草は洟《はな》も引っかけちゃいなかった。

おれは面倒ごとが嫌いだったたから、たいていのことは千草の気の済むようにさせていて、千草もそれをわかっていた。下に四人も弟と妹がいる癖して、千草は甘ったれの末っ子みてえなところがあった。

「……それで、久々に山下りて、何かおもしれえモンでもあったかよ」

「別に。山ン中よりはマシだけど、結局こんなトコ田舎でつまんないよ」

毒を吐いてから、千草は「あ」と声をあげて、両手の甲を見せつけてきた。

「これ、もらった」

「あ?」

すんなりした指が十本並ぶ中、左の小指に安っぽい指輪がはめられていた。ところどころ黒っぽく変色した金属の輪に、いかにも偽物くさい赤い石が埋め込まれている。

「もらったア? 誰に」

「行商人さん。さっきそこですれ違ったの」

「ああ? もしかしてあの、東京モンのことか?」

「ああ、そう、そんなこと言ってたっけ。いいなア、東京だって。何でわざわざこんなトコ来るかな」

「千草。ああいうのとは、関わるんじゃねえよ。正体の知れねえ余所《よそ》モンだぞ」

おれがぴしゃりと言うと、千草は不満そうに顔をしかめた。

「何でよ。悪いひとには見えなかったよ。こんな大きなトランク、落っことしたから拾ってあげたの。そうしたら、お礼にってこれ、くれたのよ。あたしの指がきれいだからって」

「何でえ、そのクサい台詞《せりふ》はよ」

途端に、千草がキッと目を吊り上げた。

行商人を名乗る二人連れが町に出入りするようになったのは、半年ほど前のことだった。男は川尻芳雄《かわじりよしお》という名で、歳は二十五、六くらいだったか。特許を取った発明品を日本全国で売り歩くセールスマンを名乗っていた。聞いた話じゃ東京の戦災孤児とかで、いつも片足を引きずっていた。

芳雄は、花乃《かの》という名の若い女を連れていた。芳雄が両手を振り回して大仰に売り文句を並べたてる後ろにひっそりと寄り添い、抱えた荷物に顔をうずめるようにうつむいている暗い女だった。芳雄は花乃のことを「妹」と言っていたらしいが、どう見たってあれは情婦だった。

二人は、町はずれの浜の近くの掘っ建て小屋に、勝手に棲みついていた。昔は漁師小屋だったのが、戦争中に持ち主がいなくなって、それからずっとほったらかしのボロ家だ。そういうところからしてまともな連中には思えねえが、芳雄は女に妙な人気があった。芳雄が道端に店を広げて、ガキのおもちゃだの安っぽい道具だのを並べていると、近くに住む女たちがちやほやと話しかけやがる。確かに芳雄は男前だったし、セールスマンというだけあって口も達者だった。工場の仲間の中には親しくしているやつもいたが、おれは好きになれなかった。色あせた背広姿で愛想よく笑う芳雄の、目だけがギラギラしているのが、どうにも不気味だった。

でもまあ、女ってのは、そういう危ない男に気を引かれるモンなんだろう。千草にしたって、あんな安物の指輪一つでおだてあげられやがって、世間知らずのガキなんだ。

「とにかく、あいつらはそのうちいなくなる流れモンなんだ。お前もほっとけ」

おれがめずらしく小言を言ったものだから、千草は不満そうに口を突き出して、鼻を鳴らした。

その日から、千草はちょくちょく寮に顔を見せるようになった。別におれに懐《なつ》いていたからってわけじゃなく、おれの様子を見に行くのを言い訳に出かけたかっただけだ。何ンでそんなことがわかったかって、芳雄と飲み仲間だという工場のやつが、おせっかいにもおれにいろいろと吹き込んできたからだ。千草が芳雄と楽しそうに話していたとか、芳雄の小屋に向かうのを見たとか、うんぬんかんぬん。普段世間話なんぞしたことのない近所の年増女どもまで、コソコソとおれに話しかけてくる。

――アンタの妹、大丈夫かい。アンタは知らないだろうけど、あれは女を転がす男だよ、ロクなもんじゃない――。

おれは、うるせえと怒鳴るのを何とかこらえなきゃならなかった。何度かは我慢できずに、「黙れババア」と、袖をつかむ手を振り払った。

言われなくたって、とっくに知っていた。千草の左の小指にはいつも、あの安物の指輪があったンだから。おれは顔を合わせる度に千草を問い詰めようとしたが、千草はのらりくらりと言い逃れて、そのうち小言が面倒になったか、訪ねても来なくなった。

だから、あの師走《しわす》の寒い夜、若い女が出歩くには遅すぎる時間に千草が寮を訪ねてきた時に、嫌な予感はしていた。

久しぶりに寮の玄関口に立った千草は、大きな鞄を手に提げて、真っ白な息を吐きながら、思い詰めた顔で切り出した。

「にいちゃん。お金、貸してくんない?」

「――そりゃ、あいつに貢ぐためか」

獣みてえに、低くて凶暴な声が出た。千草はぎょっとした顔でおれを見た。

「貢ぐって、にいちゃん」

「ここいらで噂になっててンだよ。頼んでもねえのに嫌っつうほど聞かされてンだ、こっちは。お前があのセールスマンに尻尾振って、あの掘っ立て小屋にいそいそ嬉しそうに通ってるってなア」

「何よ、それ、そんなの嘘よ」

「なら何で金が要るンだよ」

千草はいじけた顔をして黙った。小便もらしてたチビのころと同じだ。気に食わなけりゃキャンキャン吠えて、言いたくなけりゃダンマリを決めこむ。

いつもなら、千草の機嫌を取って好きにさせてやっていた。でも今回ばっかりは、さすがのおれも目をつぶるわけにいかなかった。うさん臭い余所モン風情に、妹を傷物にされてたまるか。

「千草。お前まさか、あいつと寝ちゃいないだろうな」

「寝て、って」

千草の顔がパッと赤くなった。

「にいちゃん！　あたしそんなんじゃない！」

「家に行ったンだろうが」

「あれはっ……妹の花乃ちゃんに会いに行ってただけよ。あの子、仕事以外じゃ外に出たがらないから、それで」

「花乃ちゃん？　だからお前はガキなンだ。あれが妹のわけあるかよ。あれはあの男の情婦だ、情婦。おまけに、立ちんぼだ」

一度だけ、見たことがあった。金で男のシモの世話をする店ばかり立ち並ぶ通りで、男と裏道に消えていく花乃の後ろ姿を。

工場の仲間と酔っ払ってふざけていたおれは、一瞬で正気に戻った。ちらりと目に入った花乃の背格好が、千草に見えたからだ。おれは焦って、そいつらを追いかけた。

暗く細い道で、女は男のズボンの前立てに手をかけていた。そこで初めて、おれはその女が花乃だと気づいた。けばけばしい山吹色の着物の袖から伸びた、細枝のように湾曲した指――おれは、慌てて目をそらして、仲間のところに戻った。見ちゃいけねえモンを見ちまった気がした。

おれはまだ、女を知らなかった。

「そんなのを囲ってる男に、お前は遊ばれてンだ！」

ドン、と腹に重たい何かがぶつかって、おれは後ろに何歩かよろけた。

千草が、膨れた旅行鞄を両手で振り回したのだ。

「千草、テメエ！」

「何も知らんくせにうるさいわ！　最後だから顔見に来たけど、もういい！　にいちゃんの馬鹿！」

千草のその言葉に、頭がサッと冷えた。

よく見れば、大きな旅行鞄も、足首までスッポリ体を覆う外套《がいとう》も、千草ではなくお袋のものだった。おれも千草も、旅行鞄が必要になるような旅なんぞしたことがねえ。

「お前、今、何つった」

千草は「しまった」とでも言いたげに顔をしかめて、おれに背中を向けた。その腕をつかんで、無理やり引き止める。

「にいちゃん、放して」

「お前……最後って、どういうことだ」

「痛い、にいちゃん、手」

「親父とお袋は？　知ってるわけねえか。千草、お前、まさか……あの男と一緒に、ここを出て行くつもりか？」

「にいちゃん！　痛い！」

今度は、顔に鞄が飛んできた。頬骨をまともに殴られて、尻もちをつく。

「これだから男は駄目、何でも力任せで、馬鹿みたい」

千草はおれを睨みつけた。

「あたし、もう子どもじゃないから。こんなところ出ていく。あたしのこと、ちゃんと見て、支えてくれるひとと一緒に生きていくんだから！」

殴られた頭がクラクラして立ち上がれないでいるうちに、千草は走っていなくなった。冷たい空気に響く足音が聞こえなくなるまで、おれは呆然としていた。

千草は――妹は――何と言った？　出ていく、と言ったのか。

あの馬鹿で甘ったれな妹は、情婦を連れた流れ者の男が、本当に自分を大切にしてくれると信じているのか。

遠くから酔っ払いの笑い声が聞こえてきて、おれははっとした。時計を見ると、最終の列車まであと十分。ここから駅まで走れば――荷物を抱えた女の足でも、列車に間に合う時間だ。

おれは慌てて立ち上がり、駅に走った。駅前に続く道は真っ暗で、人影もない。こんな夜更けだ、店ももうとっくに閉まって、道を照らすのはポツリポツリとある街灯だけだった。

走っている途中で上着を忘れたことに気づいたが、寒いとも思わなかった。顔を叩かれた時に口の中を切ったのか、ツバに血の味が混じって気持ち悪かったが、口をゆすぐ時間も惜しかった。とにかく少しでも早く、千草よりも先に駅に着くことで、頭が一杯だった。

息を切らして駅に着くと、ちょうど列車が入ってきたところだった。周りは駅舎の光に照らされて、そこだけがパッと明るい。

列車を待つ人の中にも、改札の周りにも、千草の姿は見当たらねえ。ああ、よかった、間に合ったか――。

そこでおれは、今にも改札を抜けようとする男の姿に気がついた。背広姿に小さな書類鞄を提げた、川尻芳雄だった。

考える間もなく、叫んでいた。

「オイ、テメエ、川尻芳雄！」

芳雄が驚いて足を止めた隙に、おれは芳雄に飛びつき、胸倉をつかんで改札のこちらに引きずり戻した。

「ちょちょ、ちょっと、何だよ、いきなり」

「行かせねえぞ、テメエみたいな流れモンが、千草に手ェ出しやがって、ああ？」

「千草……？」

芳雄は襟をつかみあげられたまま、まじまじとおれの顔を見たかと思うと、何故かニッと笑った。こんな時だっていうのに、腹が立つほど男前だった。

「ああ、もしかして、千草さんのお兄さんってのが、旦那ですか？」

「テメエにお兄さんと呼ばれる筋合いはねえよ」

おれがすごんでも、芳雄はケロッとしていた。

「すみませんが、明日の朝早くから商談があってね。手短に済ませて、列車に乗らせてくれませんかね、旦那」

芳雄は人懐っこく笑いながら、さりげなくおれの手をつかんで引きはがした。年下のおれをわざとらしく「旦那」と呼ぶこの男が、おれはいよいよ嫌いになった。何が商談だ、千草を連れていくつもりだった癖に。

「こっちだってテメエと話すことなんかねえ。千草につきまとうな、それだけだ」

「そりゃ誤解ですよ、旦那。自分と千草さんは、やましい関係じゃありませんって。千草さんにゃ、妹が世話になってるんですよ」

「妹だア？」

おれが鼻で笑うと、芳雄はヌルッとした苦笑を浮かべた。

「まあ、旦那も男だ。この際だから隠し事は無しにしますが、確かにアレは自分のオンナですよ。でも妹ってのも嘘じゃない。自分もアレも、戦争で家族とはぐれた戦災孤児でしてね。焼け野原の東京で、兄妹同然に肩寄せ合って生きてきたんですよ」

「それで千草にも手ェ出そうってか、テメエ何様だ」

「だから、それは誤解なんですって。千草さんは、アレと仲良くしてくれているだけなんですよ」

「しらばっくれんなよ。千草は今日、テメエとこの町を出ていくって言ったんだ」

途端に、芳雄の顔から笑みが消えた。

「出ていく……？　自分と？」

「ああ、自分を支えてくれるやつと一緒に生きていくって、一丁前に啖呵《たんか》切りやがって。あいつはガキなんだ、何にもわかっちゃいねえンだ、テメエみたいな男にのぼせ上がって」

言いながらおれはまたカッカと頭に血が上ったが、芳雄は反対に冷静になったらしかった。眉間にしわを寄せた顔が、外灯にボヤッと浮かび上がった。

「……旦那。誓って、自分は千草さんとそんな約束はしちゃいませんよ」

一言一言、かみしめるように芳雄は言った。その言い方がズンと重かったから、おれもとっさに「嘘だ」とは言い返せなかった。

黙り込むおれに、芳雄は言い聞かせるように続けた。何ンだか背筋のゾッとするような、暗い目つきをしていた。

「旦那が千草さんを大切に思うように、自分もアレを手放せやしないんです。何にもなくなった町で、互いしかいなかったもんでね。足長手長《あしながてなが》なんですよ、自分らは」

「足長……何だって？」

「自分は足が、アレは手がね。まあ、そんなのは大したことじゃねえが、とにかく、今さら一人でなんて生きていけねえんだ、おれたちゃ」

駅員がぬっと顔を突き出してきて、「列車が出ますよ」と不愛想に言った。芳雄はうるさそうに手を振って喋り続けた。

「そういうわけで、自分と千草さんが今夜この町を出ていくなんてことはありゃしませんよ。見ての通り、列車だって」

ちょうどその時、けたたましい発車のベルが鳴って、芳雄の言葉の続きをかき消した。思わず駅に顔を向けたおれの目の前を、最終列車がゴトゴトと走り去った。

列車の騒音が止むと、芳雄は「それじゃ、自分は帰ります」とあいさつして、ひょこひょこと浜のほうに去っていった。

おれは、狐につままれたような心地で寮に戻った。部屋で薄い布団に包まっても、なかなか寝付けなかった。

芳雄は、おれに嘘をついたンだろうか。

おれに見つかったから、とっさに駆け落ちを止めて家に帰ったのかもしれねえ。でも、芳雄の表情は、嘘をついているようにも見えなかった。

もしかして、千草が勝手にのぼせ上がっただけなのか。商談に行くという芳雄を、勝手に追いかけるつもりだった、とか。芳雄が何気なくくれてやった指輪一つで、千草のほうがひとりで夢中になっちまったってことはありえる。

何しろ、千草はガキのころから頑固で、思い込みが激しかった。喧嘩になると絶対に自分の言い分を譲らないモンだから、学校が一緒だった時にゃ、千草をなだめるためだけに、学年の違うおれが呼びつけられたことだってあった。その悪い癖が出たンだろう。

とにかく、列車にゃ乗れなかったンだから、千草も家に帰っただろう。朝になったら一応、様子を見に行ってやるか。そんな風に思いながらようやくウトウトした真夜中になって、外の騒ぎに叩き起こされた。

火事だった。浜の近くの掘っ立て小屋が燃えているという。

それは、川尻芳雄の家か——と思ったところで、おれは飛び起きた。

千草は家に帰ったと思い込んでいたが、駅で会えなかった芳雄を捜して、小屋に押しかけた可能性だってあるじゃねえか！

もしかして、千草も火事に——。

おれは寮を飛び出して、また走った。騒ぎを聞いて表に出てきた連中をかき分けて、一目散に浜に向かった。

野次馬に囲まれた小屋に駆け付けた時にはもう、高く燃え上がった火が、あたりを夜明けみてえに照らしていた。乾いた風がビュウビュウと吹き付けて火の粉を散らし、火をいっそう燃え上がらせていた。

「おい、消防はまだか！」

「それが、道が狭くて、入ってこられねえって」

「海から水汲んで来い！」

「駄目だ、今夜はずいぶん潮が引いちまって」

「誰か出てきたぞ！」

野次馬の一人が叫んだ。おれは周りのやつらを押しのけ、一番前に転がり出た。

「千草――」

ボウボウと燃える小屋から、千草が出てきた。煤《すす》と灰にまみれた外套をスッポリと着て、ザンバラの髪で半分以上隠れた顔も、黒く汚れて火照っていた。

右の手には、抜身の軍刀をぶら下げていた。刃が濡れているのは、火でイカレた目の錯覚だと思いたかった。

小屋から二、三歩出てきた千草は、おれをちらりと見たが、すぐに目を背けて野次馬を睨みつけ、脅すようにブンと軍刀を振った。人垣が、いっせいに後ろに引いた。

「千草！」

「おい、危ねえぞ！」

飛び出そうとするおれを、後ろから伸びてきた手が羽交い絞めにする。クソ、邪魔しやがって。

おれが動けないでいるうちに、千草は小屋の中に戻った。今にも焼け落ちそうな、真っ赤に燃える小屋の中に。

「千草、待て！」

おれの声は火の熱にかすれて、ほとんど聞こえなかっただろう。小屋の扉が閉まって、千草の姿が見えなくなる。

あの馬鹿、何を考えてやがるンだ。早く、助けに行ってやらねえと、本当に手遅れになっちまう。

おれは必死にもがいて、肩や腕をつかむ手を振り払った。ほとんど倒れるようにして飛び出し、小屋に向かったその時。

小屋の戸が、蹴飛ばされるようにして開いた。

転がり出てきたのは、焼けて汚れた着物に身を包んだ女だった。いつかの夜に見かけた、下品な山吹色の着物だった。顔を押さえてもんどりうちながら、女は小屋に向かって叫んだ。

「ち――千草ちゃん！」

それだけ言って激しくせき込んだ女に、野次馬が何人か駆け寄った。「ひでえ、この顔は――」「医者を呼べ！」「オイ、あんた、何があった？」

女はすすり泣きながら、とぎれとぎれに言った。煙にいぶされた、ひどい声だった。

「あたしは、花乃、川尻花乃――芳雄さんの妹です。ち、千草ちゃんが、刀で兄さんを刺して、家に火を――それで、たった今、自分も同じ刀で」

その後はもう、泣いているのか、火の熱でむせているのか、言葉は聞き取れなかった。おれはただ、焼ける小屋を見つめていた。

結局、消防がようやく駆けつけた時には、小屋はもうほとんど燃え尽きていた。焼け跡からは、黒焦げになった男と女の死体が見つかった。年恰好や焼け残った衣服、それに野次馬や生き残った花乃の証言から、男は川尻芳雄、女は樫本千草と断定された。

二人とも、死因は焼死じゃなかった。あばら骨に軍刀の刀傷が残っていたとかで、つまり、刺されたか切られたかで死んだンだ。凶器の軍刀は、芳雄が商売で何処からか仕入れたモンだったらしい。

死んだ女の左の小指には、あの安物の指輪がはまっていた。そして右の小指は、骨ごと切り落とされていたそうだ。

「千草は、夢を見たンだ。ろくでなしの父親、自分を守ってくれねえ母親に役立たずの兄貴、かびくせえ家……そういうモンから、川尻芳雄が自分を連れ出してくれるって、本気で信じたンだろうよ」

客間なんて気の利いたもののねえ、狭い家の埃っぽい茶の間で、おれと霧島はちゃぶ台を挟んで向かい合って座っている。急須も茶葉も見つからず、仕方なく出した冷蔵庫の麦茶は、霧島が置いたボイスレコーダーの横でとっくに温くなっている。

「それなのに、川尻芳雄が選んだのは花乃のほうで、それで千草はカーッとなって、あんなことをしちまったンだ。芳雄を殺して、その刀で自分も……。あいつは思い込みが強くて、かんしゃく持ちだったたから」

ふっと、懐かしい光景が浮かんだ。この歳になると、昔のことのほうがよく覚えてるモンだ。

「千草が、小学校の二年か三年の時だ。学校の休み時間にな、千草が友だちと遊んでる近くを通りかかったら、急に呼びつけられたンだ。『にいちゃん、手、握って』って。おれがポカンとしたら、千草は地団太を踏んで『にいちゃんのぐず！　はやくして！　はやく、手ェ、取って』って、喚いてな。おれは恥ずかしくって、さっさとその場を退散したよ」

「へえ」

「あン時、千草は『手つなぎ鬼』をしてたンだ。あれは鬼に追っかけられて、捕まったら自分も鬼になって、鬼同士で手を繋ぐだろ。でも、千草は一人だった。誰かに追いかけられてもなかった」

千草は、誰とも手を繋いでいなかった。繋いでもらえなかったのかもしれなかった。あのころから、千草の激しい気性はよく知られてたからな。

どうしてあの時、おれは千草の手を取ってやらなかったンだろう。気の強いやつだったけど、あいつだってきっと、誰かの特別になって、大切にされたかったンだ。

その挙句、好きになった男を殺して、自分の指を切って、逆の小指に男から贈られた指輪をはめて死んだ妹。もう、おかしくなってたンだろう。

「それでもね、霧島さんよ、千草は、憎い恋敵の花乃を殺さなかったンだ。あとで警察に聞いた話じゃ、花乃にゃ火傷はあったが、刀傷は一つもなかった。命が助かったのも、千草が花乃を小屋の外に突き飛ばしたおかげだって……。千草がしたことは許されねえよ。でも、あいつは、鬼女なんかじゃなかった。それを、あんたが話を聞いた人に伝えてくれ」

あの事件が起きて、おれたち家族に向けられた目は厳しかった。当事者の花乃は、騒がれるのを嫌ったか、傷が治るのも待たずに町を出て行ったが、口さがない連中はそこかしこにいるモンだ。お袋は弟や妹たちを連れて夜逃げ同然に実家に戻り、親父はやむなく店を畳んだが、意地のようにこの家に住み続けた。おれは、それまでのツレや知り合いすべてと縁を切って、一人で東京に出た。親父とお袋が死んでこの家を相続することになるまで、ここに足を向けたこともなかった。

それでも、おれは千草を恨ンじゃいない。おれにとってあいつは、ただただ、馬鹿でかわいそうな妹だった。

「そうでしょうか」

「あ？」

霧島は、ニンマリと楽しそうな笑みを浮かべた。

「いえね。千草さんは本当に、川尻芳雄と駆け落ちするつもりだったんでしょうか。僕にはどうも、そうは思えなくて」

「何ンでだよ。千草はおれにはっきり言ったんだ、町を出ていくって」

「『自分のことをちゃんと見て、支えてくれるひと』と――ね。相手が川尻芳雄だとは、一言も言っていない。違いますか？」

言っている意味が飲みこめず、おれはただ、霧島を見た。霧島はひょいと、右手の人差し指を立てた。

「僕に一つ、考えがあります。ただしこれは、ロジックです」

「ロジック……？」

「ええ。辻褄と筋道の合う解釈、あるいは机上の空論。これまで提示された情報に、事件とは無関係の嘘や間違いがないと仮定した上で、最も矛盾の少ない解を正解とみなす――まあ、推理ゲームと言ってもいいでしょう」

「ゲーム？　あんた、何言ってンだ。人が死んだンだぞ」

「死者を冒瀆する意図はありません。僕は今生きている人のために、新しい解釈を提示したいだけですよ。樫本さん、あなたのためでもあるんだ」

霧島は猫のように目を細め、大きな口の両端をきゅっと釣り上げて笑った。

「おれの……？」

「ええ、ですから、聞いてもらえませんかね。例えば、僕がまず気になったのは、千草さんの言葉です」

「千草の言葉……?」

ゲームと言われて不愉快だったのに、つい聞き返しちまった。これじゃ霧島の思うつぼだと気づいた時にはもう遅く、霧島は得意げに話し出した。

「ええ。事件の夜、千草さんはあなたに会いに来た。金を借りに来たと言ったようですが、きっとそれは口実で、最後にあなたの顔を見に来たんでしょう。そこであなたと口論になった千草さんは、『これだから男は駄目』と言った。そうですね」

「ああ……」

「これ、今から男と駆け落ちする女性の言葉ですかね?」

とっさに言葉を返せないおれに、霧島が畳みかける。

「これが『にいちゃんは駄目』なら、わかります。自分の恋人はにいちゃんと違って駄目じゃない、だから恋人についていくんだ——という意味だと解釈できる。でも千草さんは、『男は駄目』と言った。千草さんというひとは、駄目だとわかっているのに男を頼るような気性だったんですか?」

「でも、千草は芳雄とデキてたンだ——小屋に行く姿を見たって話を、何回も聞かされたンだぞ、おれは」

言い返しても、霧島は余裕ぶった笑みを崩さなかった。

「いいえ、千草さんは、ちゃんとあなたに言ったじゃないですか。『花乃ちゃんに会いに行ってた』ってね。芳雄さんも、千草さんは花乃さんと仲良くしてくれている、と言っていた。千草さんが親しくしていた相手は、花乃さんだったのでは」

「まさか」

千草が連れ立って町を出ていこうとしていた相手は、芳雄じゃなくて花乃だったとでも言いてえのか？

そんなことがあるモンか。若い女が二人きりでやっていこう、なんて。

「だってよ、指輪は——千草は、芳雄からもらった指輪を、ずっと大切にしてたンだ」

「千草さんの話では、『行商人さん』が落とした荷物を拾う手伝いをして、そのお礼に指輪をもらったんでしたね」

「ああ、それが何だって」

「その『行商人さん』、本当に芳雄さんだったんでしょうか？　だって、芳雄さんの後ろで荷物を抱えていたのは、花乃さんなんでしょう？」

そう言われて、はっとした。

芳雄は、いつも片足を引きずっていた。ひょこひょこと歩く芳雄の後ろを、花乃は大きな荷物を抱えて、うつむきがちについていっていた。

売り口上をまくしたてる芳雄の両手は空で——商売品が入ったトランクを持っていたのは、花乃だった。

「そうか……花乃は足の悪い芳雄の代わりに、荷物持ちをしてた、それで」

霧島は、満足そうに頷いた。

「荷物を落とした花乃さんを、千草さんが手伝った。そのお礼にと、花乃さんが千草さんに指輪を渡した。それが、二人の出会いだったんでしょう」

　何ンてことだ。

　霧島の言葉一つで、何もかもが違うように見えてくる。

「事件の夜、芳雄さんは夜行列車に乗って、商談に向かう予定だった。その留守を狙って、二人は出ていくつもりだったと考えられます。芳雄さんは花乃さんに対してかなりの独占欲と支配欲を抱いていたようですから、花乃さんが自分から離れていくことを許すとは思えません。千草さんと花乃さんは、似た者同士だった。自分たちを力で支配する男たちから、自由になりたかった」

　にいちゃんはいいなア——千草の声を思い出す。家を出たおれと違って、店と親父に縛りつけられていた妹。

「千草は、親父から……花乃は、川尻芳雄から離れたかった。そういうことなのか」

　霧島は含み笑いした。

「あなたと会って話を聞いた芳雄さんは、列車に乗らずに家に帰った。もしかすると、以前から花乃さんの挙動に不審感を抱いていたのかもしれませんね。そして、家を出ていく支度を進めている花乃さんと千草さんに鉢合わせした。当然、芳雄さんは怒ったでしょう。花乃さんをアレと呼んで、所有物扱いするような男だ。千草さんと花乃さんは、芳雄さんと争い、そして、軍刀で刺し殺した」

　嫉妬でも、一方的な恋心の暴走でもなく、千草は自分の大切なひとを守るために、芳雄を殺したのか。

「でもそれなら、どうして小屋に火を……それに、千草は自分で命を絶って」

思わず前のめりになるおれを、霧島は「まあまあ」と手のひらで制した。

「小屋を燃やした理由はわかりません。もしかすると、争っている最中に偶然、明かりかストーブを倒して、燃え広がってしまったのかも。それに、千草さんは自殺と決まったわけじゃない。あばら骨に刀傷があったってだけのことです。花乃さんと逃げるつもりだったなら、芳雄さんと心中する理由もありませんからね。千草さんを刺したのは、他人かもしれない」

「他人って」

その時、小屋にいたのは、芳雄と花乃だけだ。

いや、芳雄じゃねえ。千草が小屋の外に歩いて出てくる姿を、おれはこの目で見た。あの時、軍刀はもう血で汚れていた。芳雄は死んでたはずだ。千草が刺されたのは、その後だ。

じゃあ、小屋に戻った千草を刺したのは。

「花乃、が？」

「消去法で考えるなら、それしかありませんね。芳雄さん殺しを千草さん一人に被せて、自分は被害者として生きていくためには、千草さんに生きていられては不都合だ」

「じゃあ、千草は——」

「千草さんも、まさか花乃さんに裏切られるとは思っていなかったでしょう。芳雄さんの殺害に小屋の火事、思いがけない事態が続いて動揺した千草さんは、いったん外の様子を見に行って、戻ってきた。そこで花乃さんは、千草さんの手から軍刀を奪って胸に突き立て、心中を装うために小指を切り落とす。それから、小屋の外に飛び出して助けを求める。相当の早業ですが、やってやれないことはない」

「そんなの……裏切られて、殺されて、『鬼女』なんて呼ばれて……それじゃ、あいつは」

「まあでも、これはロジックですから。証拠も検証もなし、あくまで机上の空論、『そうかもしれない』程度の話ですよ」

念を押すように霧島に言われても、おれは納得できなかった。

確かに、証拠はないのかもしれねえ。でも、「そうじゃない」という証拠だってねえンだ。霧島の話こそが真実じゃないと、どうして言い切れる？

千草が、花乃に殺されたンだと――。

「……川尻花乃は、今、どうしてるンだ？」

千草にすべてを押し付けて、のうのうと生き延びたかもしれねえ女。その後の消息は、何も聞いていねえ。

霧島はもったいぶるように、麦茶を一口飲んだ。

「霧島さん」

「川尻花乃さんは、事件の後に単身で上京し、銀座のクラブで下働きを始めました。かなりの美人でしたが、顔に火傷の痕が大きく残っていたので、ホステスは務まらなかったのだそうです。やがて花乃さんは経営者として頭角を現し、銀座や六本木で複数のクラブを経営するに至りました。いわゆる成功者ってやつですね」

「成功者……？」

「やだなあ、そう怖い顔をしないでくださいよ。この話には、まだ続きがあるんです。裸一貫から成り上がったさすがの女傑も、歳には勝てぬと見えて、数年前にすべての事業を後継者に任せて引退しました。どうも、認知症が始まっていたらしくてね。引退した途端に気が抜けたのか、一気に進行して、会話も成り立たなくなった。思い出話だけは、流暢に語っていましたがね」

まるで見てきたような口ぶりが引っかかった。

「霧島さん、あんた、もしかして……花乃に会ったのか？」

霧島は得意げな顔で頷いた。

「はい。何を隠そう、僕に『心中立ての鬼女』のうわさを聞かせてくれた情報提供者が、彼女──川尻花乃さんと、そのご家族です」

「花乃が……」

「そのついでに、ちょっと頼まれ事をされちゃいましてね」

霧島は、横に置いた大きな布鞄から、茶色い紙袋を取り出した。そこから出てきたのは、手のひらくらいの大きさの箱だった。細かい模様が組み込まれている、寄せ木細工の小箱。

「これは……」

「花乃さんが、肌身離さず持ち歩いていたものだとか。実はこれ、絡繰《からく》り箱で、開け方も中身も花乃さんしか知らなかった。ところが、今の花乃さんは、もうこれを開けられないんです」

霧島は小箱を振った。カタカタ、と軽い音が聞こえた。

「花乃さんのご家族は、何としてでもこの中身が見たいんだそうです。残念なことに、花乃さんの後継者は実に無能だったようで、今や会社の経営は火の車。最後の頼みの綱がこの箱の中身と

いうわけです。花乃さんは、この箱の中には『宝物』が入っていると話していたそうですから
――何か値打ちのあるもの、例えば貴金属とか、銀行の貸金庫の鍵とか、そういうものが出てくるんじゃないかと、ご家族は儚《はかな》い望みを抱いているんですよ」

「だからって、そんなもの、おれには何の関係も」

「なくはないんですよ。ほら」

霧島は嬉しそうに、小箱をくるりと返しておれに見せた。

箱の側面に、ギザギザした文字で「ちぐさ」と刻まれていた。

「千草……？」

「見覚えがありますか？」

「ああ……ああ、そうだ。これは、千草の絡繰り箱だ」

思い出した。まだ弟や妹が生まれる前、おれと千草が二人っきりの兄妹だった時に、母方の親戚からもらった土産物だ。おれと千草に一つずつ、まったく同じ絡繰り箱をもらった。それで、おれと千草の箱を見分けられるようにと、名前を彫ってやったンだ。

「でも、何ンで千草の絡繰り箱を、花乃が」

「おそらく、事件の夜、小屋から飛び出す時に花乃さんが持ち出したんでしょう。この大きさなら、着物の懐か袖に隠して持ち出せる」

霧島は手の中で、コロコロと箱を転がしている。

「これの開け方を聞くのが、あなたを訪ねた二つ目の目的なんです。どうでしょう、開けられますかね？」

「……開けられるかもしれねえが、でも、何ンでおれがそんなことをしなきゃならねえ」

千草を殺したかもしれない女のために何かしてやるなんて、たとえ指先一本で済むことでもごめんだった。

「そう言わないでくださいよ」

霧島は背を丸め、媚びるようにおれを見上げた。

「箱の中身は誰にもわからないんですよ？　もしかしたら、事件の真実にまつわる何か、だったりして」

カタカタ、と、霧島が箱を鳴らす。

しばらくそれを睨んでから、おれは手を伸ばした。

「……覚えているか、わからねえぞ」

「お願いします」

小さな絡繰り箱は軽く、落としたらすぐに壊れそうだ。しっかりと箱をつかんだ拍子に、霧島と手が当たった。今は真冬かと錯覚するほど、霧島の手は冷たかった。

冬。千草がいなくなった季節。

――にいちゃん、これ、きれいだね！　大事なもの、入れようね！

もらったばかりの箱を両手に載せて、はしゃいでいた幼い千草。箱の開け方を先に覚えたのはあいつのほうで、得意顔でおれに何度も教えたがったっけな。おれはすぐになくしちまったが、千草は何年経っても大切にしていた。

あのころはこんなことになるなんて、ちっとも思ってなかったのに。

記憶を頼りに、箱をこねくり回す。側面を爪で押し、回し、ひねる。

最後に蓋の部分を横に押すと、すっと抵抗なく動いた。

「……開いたよ」

それ以上は蓋をずらさず、ちゃぶ台に箱を置いた。

「さすがですねえ。で、中には何が」

霧島が声を弾ませて身を乗り出し、蓋を引き抜く。薄汚れた箱の中には、白い布の塊が入っていた。

霧島が、そっと布の包みを解いた。パラリと、粉のようなものが散った。


中には、干からびた指が入っていた。

指の途中から、別の指がもう一本、枝が張り出すように生えていた。


「花乃の指だ」

いやに落ち着いた声がすると思ったら、おれの声だった。

あの夜、繁華街の薄暗い裏道で、おれがとっさに目をそらして、見なかったことにしたもの。

細枝のような、二本に分かれた小指。

何で、千草の絡繰り箱に、こんなものが——。

笑い声が耳をつんざいた。

霧島が、畳に転がって、腹を抱えて笑っていた。

「おい、霧島さん」

「や、やられたなあ！　そういうことか！」

ゲラゲラと笑い続け、息を切らしながら、霧島はヨロヨロと起き上がった。

「霧島さん、あんた、これは、どういう」

「いや、悔しいなあ。叶わないや。はは」

「おい、説明してくれ、どういうことなんだ！」

霧島はグラスに残っていた麦茶をあおって、息をついた。

「花乃さんは、多指症だったんですね」

「多指症……？」

「手足の指が、通常よりも多く形成される先天異常です。過剰の指が完全に指の形をしている場合もあれば、こんな風に枝分かれしていたり、小さなイボのような状態になっている場合もあります。これは、細さから言って、小指のようですが」

そういえば、千草の遺体から切り落とされ、見つからなかったのも小指だった。

「――だから、足長手長、だったんですねえ」

一瞬、何を言われているのかわからなかった。何処かで聞いたが――。

「川尻芳雄の言葉です。自分ら――芳雄さんと花乃さんは、足長手長なんだと」

「ああ……」

「足長手長はね、中国や日本に伝わる妖怪です。足が異常に長い『足長』と、手が異常に長い『手長』は、常に二人一組になって海で漁をする。足長が手長を肩車して海に入り、手長が手を伸ばして魚を捕るんです。互いの長所を生かし、短所を補う関係というわけです」

霧島はスラスラと説明した。妙なことまでよく知っている男だ。

「でも、それが何ンだっていうンだ」

「芳雄さんは、片足が不自由だが金を稼ぐ力はある自分を『手長』に例えて、そういう言い方をしたんでしょう。自分の代わりに荷物を持って、『足』になる花乃さんが『足長』だと……でも、それだけじゃなかった。芳雄さんの言葉は、花乃さんの手が多指症であることも示唆していたんです」

霧島は箱の中の布をつまみ上げた。あちこちが黒く汚れた布の折り目や繊維の間に、灰の欠片が絡まっていた。

「この指が箱に入れられたのは、事件の夜だと考えられます。ほら、布はおそらく血と灰で汚れていますし、細かい灰も紛れているでしょう」

「で、でも、何ンで花乃の小指がここに？　小指を落とされたのは千草だ、花乃じゃねえ」

「いいえ、花乃さんだったんです」

「え？」

「小指を落とされて、焼け跡から発見された遺体は――川尻花乃さんだった。二人は、入れ替わったんです」

霧島が何を言っているのか、わからなかった。

「入れ替わった……？」

「まったく、これが事実なら、千草さんは大したひとだ」

霧島は胡坐をかいて座り直した。

「整理しましょう。千草さんが一緒に町を出ようとした相手は、花乃さんで間違いないと思います。事件の夜、出奔の準備を進める二人のもとに芳雄さんが戻ってきたことも、二人で芳雄さんを殺害したことも。そしてその時、花乃さんも胸に刃を受けた」

「花乃が……？　それは、まさか千草が」

千草と花乃が入れ替わったというなら、花乃が千草を殺して罪を着せたのではなく、千草が花乃を――。

しかし霧島は「いいえ」と否定した。

「千草さんには花乃さんを殺す動機がありません」

「それは、さっきあんたが言ってただろ。芳雄殺しの犯人に見せかけるために」

「花乃さんが千草さんを殺した場合はそう仮定できますが、逆は成り立ちません。千草さんは、わざわざ軍刀を持って野次馬の前に姿を見せました。まるで自分が犯人だとアピールするみたいに。それじゃ、本末転倒でしょう？　それに、花乃さんの遺体に自分の服を着せて偽装する理由もない。芳雄さん殺害の罪を花乃さんに着せるだけなら、花乃さんと芳雄さんの心中にでも見せかけて小屋を燃やし、自分は逃げればいいんですから」

デキの悪いガキに言い聞かせるように、霧島はゆっくり説明した。それを聞いてほっとしたが、同時にわけがわからなくなった。

千草は結局、何のために、何をしたかったたンだ。

あの夜、本当は、何が起きていたたンだ。

「花乃さんを刺したのは、芳雄さんでしょうね。自分を捨てていこうとする花乃さんに明確に殺意を抱いたのか、もみ合ううちにそんなことになってしまったのか、それはわかりません。花乃さんと芳雄さんは、相前後して胸を刺されて死亡した。残されたのは、二人の遺体、そして生き残った千草さん」

「それで、千草は」

「自分と花乃さんの衣装を交換し、花乃さんの小指を切り落とした。万が一、多指症の小指が発見されたら、遺体が自分でないことがわかってしまいますからね。千草さんは、花乃さんの小指を収めた箱を隠し持ち、花乃さんの着物を着た上から外套を羽織り、軍刀を持って野次馬の前に姿を現した。川尻芳雄を殺したのは自分だと、印象付けるために。それから小屋の中に戻ると、外套を脱ぎ捨て、人相を誤魔化すために顔に火傷を負ってから、小屋の外に飛び出した。川尻花乃として」

そうだ、あの時、花乃に駆け寄った野次馬が言っていた。「ひでえ、この顔は――」「医者を呼べ！」と。おれは呆然として、花乃の顔なんて見もしなかった。

それに、あの二人は背格好がよく似ていた。たった一度だが、兄のおれが見間違えたことがあるくれえに。

「事件のあと、逃げるように町を去ったのは、入れ替わりを見破られねえためか。……何ンで、千草は、そんなことをしたンだ」

熱かっただろう。痛かっただろう。器量よしのお前だ、顔に傷が残るなんてつらかっただろう。

「何ンで、そのまま帰ってこなかった。芳雄を殺したのは花乃だって言って、戻ってくればよかったじゃねえか。それなのに、何ンで」

「約束したから、でしょうねえ」

霧島は、何処かうっとりした調子で言った。

「約束……？」

「花乃さんとこの町を二人で出ていくんだって、きっと約束したんでしょう。だから、『川尻花乃』を悪者にして、『樫本千草』だけが生き延びるわけにはいかなかった。花乃さんの名前で、千草さんが生きる――それが、彼女の選んだ約束の果たし方だったんでしょう」

霧島は、箱をそっと人差し指でつついた。

「この指も、入れ替わりの証拠隠滅のためだけじゃなく、お守りとして持ち歩いていたのかもしれませんね」

――かわいそうな妹だと思っていた。クズみたいな男に惚れて、人を殺して自分も死んだ、世間知らずで馬鹿で哀れな妹だと、この六十年、ずっとそう思っていた。

そうじゃなかったのか。本当のお前は、おれが思うよりもずっと強《したた》かで、覚悟を決めた女だったのか。

わけがわからないまま、目の奥が熱くなる。霧島に顔を見られないように、うつむいて鼻をすすった。

「ちょっと、樫本さん。何度も言いますけど、僕の話は」

「わかってるよ。ただのゲーム、なんだろ」

千草は嫉妬に狂った『鬼女』なんかじゃねえ、千草は世間をあざむいて生き延びたのかもしれねえ――全部全部、霧島の想像だ。自分で言っていた通りの、机上の空論だ。

それでも、その可能性があると考えただけで、どういうわけか涙が出てきちまうンだ。

おれを「にいちゃん」と呼んだ、かわいい妹。最後が喧嘩別れになったことを、ずっと後悔していた。おれがあの時、ちゃんと話を聞いていれば、引き止めていれば、あんなことにはならなかったンじゃねえかと、何度眠れない夜を過ごしたか。

お前は、本当に生きているのか。それを確かめる方法は――。

「なア……あんたが会った川尻花乃の、右の小指はどうだった？」

本当に花乃本人だったンなら、右手の小指をなくしているはずだ。もし、小指があったなら、それはつまり。

霧島は、「なかなか鋭いですねえ」と、馬鹿にするように笑った。

「答えろよ」

「ええ、ありましたよ。すんなりまっすぐな小指がね」

おれは息を呑んだ。やっぱり、千草は――。

「でもそれは、川尻花乃ではないことの証明にはなっても、樫本千草であることの証明にはなりませんよ」

霧島の、なだめるような言い方が癇《かん》に障った。

「なら、会わせてくれよ、川尻花乃に。そうすりゃ、はっきりするだろうよ」

「残念ですが、お力にはなれません」

霧島は、珍しく重苦しい表情で言った。

「花乃さんは、僕がお会いした数日後に、亡くなったんです」

「……死んだ？」

「はい。老衰で、眠るように穏やかだったと聞きました」

ああ――おれはまた、間に合わなかったのか。

「その代わりにはなりませんが、こちらをどうぞ」

霧島が差し出したのは、一枚の写真だった。

「花乃さんとお会いした時に、僕が撮ったものです」

病室らしい部屋のベッドの上で、上半身を起こした白髪の女が、手元をのぞき込んでいる。顔の半分以上に広がる、アザのような火傷痕。目を細めて、ほおのへんがポッと赤くなって、心底嬉しそうに、うっとりして。

しわくちゃの手に持った、寄せ木細工の絡繰り箱を見つめている。

――これは、誰だ。

食い入るように写真を見る。千草の顔――キッと強気な目つきや、小さな鼻や、生意気な口元を思い出す。写真の女にその面影を探す。

写真が折れ曲がるほど強く握りしめて、目が乾くまで見続けても――結局、おれにはわからなかった。

「まあ、とにかく今は、顔でも拭いたらどうです？」

霧島が、畳に転がっていたティッシュペーパーの箱を投げてよこした。

「……あんた、結局、どうすンだ」

玄関で座り込んで靴を履く霧島に尋ねると、霧島は首を傾げた。

「何がです？」

「鬼の話を、書くんだろ……それを調べに来たンじゃねえのかよ」

「ああ、それね」

霧島は、大きな口を三日月形にして笑った。

「もちろん書きますよ。六十年前に実際に起きた『鬼女』の事件について、関係者から話を聞きました、って感じでね」

「それは、あんたが今話した千草と花乃のことも書くのか」

「さて、どうしましょうね」

「……できれば、やめてほしいンだが」

千草の本当の姿を知ってほしいと思って話をしたが、霧島の「ロジック」とやらは、おれの想像をはるかに超えていた。実名を伏せて書かれたとしても、事件を知っている人間ならばすぐに千草のことだとわかる。今さらアレコレ書きたてられて、騒ぎになるのは嫌だった。

霧島はアッサリと「わかりました」と頷いた。

「僕も、もともとの噂のほうがネタとしては面白いと思うので。霧島にはうまいこと言っておきますよ。実際に書くのはあいつですから」

「霧島はあんただろ」

呆れてそう言うと、霧島は「ああっ」とわざとらしく声を上げた。

「そうだ、言い忘れてました」

霧島は鞄から革の名刺入れを取り出して、名刺を渡してきた。白い紙に黒い文字で、「写真家」の肩書と、「桧山」という名字だけが印刷されている。

「桧山……写真家？」

そういえば、浜の近くで会った時にデッカいカメラを持っていたな。それにさっきの写真も、自分で撮ったとか言ってたか。

「ええ。霧島っていうのは僕の友人で。詳しいことは省きますけど、今回僕は霧島の代役で来たんです」

「は？」

芸名みたいなモンかと思ったら、他人の名前を名乗ってたってことか？

何なンだ、この男は。年寄りをこれ以上疲れさせねえでほしいモンだ。

「あんたなア」

「もともとは、手が回らないから手伝ってくれって頼まれたのが発端なんですけどね。僕も、『鬼』に興味があったので」

桧山は悪びれもせずに、ニンマリ笑った。

「今回も大変興味深かったです。『鬼女』を追いかけてきたら、はからずも『手つなぎ鬼』が飛び出してくるなんて」

「『手つなぎ鬼』が……何だって？」

それが千草の事件とどういう関係があるンだ。

「『手つなぎ鬼』って、二種類あるの、知ってます？」

桧山は突然言い出し、おれの返事も待たずに喋り続ける。

「さっき樫本さんが話したのは、『子殖《ふ》やし鬼』の一種のほうの『手つなぎ鬼』ですね。逃げ手は鬼に捕まると、その鬼と手を繋いで自分も鬼になり、鬼はどんどん増えていく。でもね、別のルールもあるんですよ。こちらは別名『つなぎ鬼』ともいうそうですが、知ってます？」

「いや……」

「こういうのって、遊ぶ前にちゃんとルールのすり合わせをしないと、途中で喧嘩になりますよね。ほら、トランプで『大富豪』って遊びがあるでしょう。あれも、そもそも呼び方からして『大富豪』派と『大貧民』派がいたりして」

「あんた、何の話をしてるンだ？」

ようやくおれが口を挟むと、桧山はおれを見上げた。

「あのね、『つなぎ鬼』ではね、鬼に捕まりそうになったら、逃げる者同士で手を繋ぐんですよ。そうすると、鬼は捕まえることができない」

「鬼じゃなく、逃げるモン同士が……？」

「千草さんと花乃さんは、そうやって結ばれたのかもしれないと思いましてね」

「ああ……」

自分たちを追い回す鬼から何ンとか逃れて生き残るために、手と手を取り合って。力で敵わなくても、知恵と機転で切り抜けて。

そうやって、千草は花乃と生きていくつもりだったンだろうか。

いや、桧山の推測が正しいンだとしたら——実際にそうやって生きたのか。自分の名が『鬼女』と呼ばれるのを聞きながら、花乃の名前と形見と寄り添って。

それが本当だったなら、とんでもねえ手を使ったモンだ。どれだけ周りに迷惑かけたと思ってンだ。お前が『鬼女』なんかになったせいで、親父もお袋も、弟たちも妹たちも、どンだけ苦労させられたと思ってンだ。

それでも——人を殺めた罪は、決して許されることじゃねえけども。

お前が生きていてくれたなら、おれは嬉しいよ。本当のことは、もう、誰にもわからねえンだろうけど。

「おれは……最後まで、役立たずの兄貴だったンだな」

思わずもれた呟きに、靴を履き終えて立ち上がった桧山が振り返る。

「どうしたんです、急に？」

「おれは結局、千草の手を取ってやれなかったから」

花乃ではなく、おれが千草の側にいたら、こんなことにはならなかったンだろうに。

親父から離れたいと思っていたのは、おれだって同じだった。おれなら、千草の気持ちをわかってやれたはずなのに。

「そんなことないですよ。樫本さんは立派に役目を果たされました。お父様の代わりに」

桧山は妙に優しい口調で言ったが、おれはその内容にとまどった。

「親父の代わり？　何が」

「あなたは千草さんが町を出ていくことを許せなかった。千草さんの話を聞こうともせずに駆け落ちだと決め付け、力ずくで止めようとした。千草さんにしてみたら、あなたも父親も同じ、自分を縛り付ける存在でしかなかったでしょう。しかもあなたは結果的に川尻芳雄を引き留め、家に帰し――千草さんと花乃さんの逃亡劇をぶち壊した」

桧山はうさん臭い笑みを浮かべる。一見優しそうに見えるが、冷たくて嫌な笑い方だ。

「あなたは、立派に鬼の側ですよ。だから千草さんはあなたの手を取らなかった」

「おれは……違う」

俺は、鬼なんかじゃねえ。あんなクソ親父とは違う。

「おれは、ただ千草が心配で、だってあいつは」

千草は馬鹿だから、世間知らずだから、ガキだから。ロクでもない男に引っかかって、騙されているンだと思ったンだ。あいつのためを思って、おれは。

ああ、でも――違うのか？　千草はおれが思うような、馬鹿で世間知らずのガキじゃなくて、他人に成りすまして生き延びた強かな女だったンか？

おれは千草の何を知ってるンだ？

千草は――いったい、何なンだ？

「よかったでしょう？　箱の中身を知ることができて」

桧山は、何故だか嬉しそうに言う。

「箱……？」

「時々いるんですよ。『知らないほうがマシだった』とか、『知りたくなかった』とか言い出す人が。でも、僕はそうは思わないな。『わからない』は、不安と疑念を永遠に生み出し続ける。それから解放されるには、ブラックボックスの中身を知ろうとしなくちゃね」

途切れることなく押し寄せてくる言葉に、流されそうだった。

不安と疑念。そこからの解放。

それじゃあ、何ンだ。この男には、今のおれが、解放されてスッキリしているようにでも見えるのか？

「おれは……」

「それじゃ、ありがとうございました。お体に気をつけて」

ぼうっとするおれをほったらかしにして、桧山はやたらと丁寧に頭を下げ、出て行った。追いかける気力もなく、おれはそれを見送った。

急に家の中がしんと静かになる。桧山がさっきまでここにいたことが、夢か幻だったような気さえしてくる。

やつのほうがよほど、鬼やら幽霊やら――化け物のような、得体のしれない男だった。

つなぎ鬼（つなぎおに）
「鬼ごっこ」の一種で「手つなぎ鬼」ともいう。鬼に捕まりそうになったとき、他の子と手をつなぐと捕まらない。小さい子などは足の速い子の近くにいて、捕まりそうになるとすぐ手をつなげるようにしていた。ただし、最初から手をつないではいけない。

ことろことろ

ことろことろ
（前略）1人が鬼、1人が親となり、残りは子となって親の後ろに、前の子の帯を握って一列に連なる。（中略）鬼は子を捕まえるために親の背後に回り込もうと激しく左右に動き、親は両手を広げてそれを阻止しようとする。後ろの子らは、親の動きにつられて、右に左に揺れ動く。列が乱れて最後の子が捕まると鬼と交替し、鬼は親となる。（後略）

昼過ぎの編集部は、ほとんどの社員が出払って閑散としていた。

「おい、暇だろ？」

自席でネットサーフィンに没頭していたおれの顔面に、印刷したてのまだ温かいA4用紙が突き付けられた。

「ちょ、編集長。この玉のお肌に傷がついたらどうしてくれるんすか」

鼻を掠めそうな距離から紙をひったくり、後ろに立っている編集長を見上げる。編集長は分厚い眼鏡の奥から、じろりとこちらを見返した。

「何が玉のお肌だ、自意識過剰め」

「立派に中年に突入した編集長と違って、こちとら二十代のピチピチの若者なんで」

「今どきの若者はピチピチなんて死語は使わん。いいから読め、仕事だ仕事」

「はいはい……」

渋々、押し付けられた紙に目を通す。数日前に、アパートの二階から一人暮らしの高齢男性が転落して死亡したという短い新聞記事は、一分もかからずに読み終わった。

「その事件を取材しろ」

編集長の言葉に、耳を疑った。

「本気ですか？　こんなの、ウチ向きの案件じゃないでしょ」

何故ならここはそこそこ名の知れた週刊誌の編集部であり——社名よりも雑誌名のほうが有名なくらいだ——、扱うジャンルはエンタメや芸能物がほとんどなのだ。数年前におれが入社した頃は、ノストラダムスの大予言の特集ばかり組んでいた。ちょうど、人類滅亡を予言された一九九九年だったからである。なお、その直後の二〇〇〇年問題はいっさい取り上げなかった。

そういう趣向の雑誌であるから、お堅い事件物はお呼びでない。もちろん例外はあって、不倫だの三角関係だの、ゴシップ色の強いセンセーショナルな事件なら、記事にすることはある。若い資産家とその友人夫妻のただならぬ関係が発端となった「和製ギャツビー事件」を取り扱った記事では、ずいぶん売り上げを稼いだものだった。

が、今回はそういう案件には見えない。言い方は悪いが、地味でありふれていて、すぐに流されて消えていく漂流物の一つだ。人が亡くなったのに不謹慎だと咎《とが》められそうだが、どう言いつくろったところで現状はそういうものだ。

しかし、編集長は妙な自信のにじむ薄笑いを浮かべた。

「わからんぞ、これは化けるかもしれん」

「えー……根拠は？」

「刑事課にツテのある知り合いから聞いたんだがな、遺体の傍に、美少年のアルバムが転がっていたらしい」

「は？」

さすがに上司に向けるべきではない素の声が漏れ、咳払いをして誤魔化す。

「美少年のアルバムって？　アイドルの写真集かなんかですか」

「いや、いわゆる一般的な『アルバム』だ。現像した写真を保存してファイルしておく、アレだな。といっても、今回のは二十枚分くらいの薄いやつらしいが、同じ少年の写真を二十枚だぞ？」

「そいつは確かにご執心ですねえ。ってか、誰なんです、その美少年。孫とか親戚の子とかなら、肩透かしですよ」

家族や親族の写真なら――それが老人の死亡した現場にあった経緯はともかく、持っていること自体はおかしくない。

おれの質問に、編集長は嬉しそうに両手を擦り合わせた。

「俺がそんなヌルいネタに引っかかると思うか？　赤の他人の一般人だって話だ」

「えー……ならどうやって入手したんです、その写真？　ストーカーだったとか？」

二〇〇〇年にストーカー規制法が成立してから、「ストーカー」という言葉はぐっと身近になった。とはいえ、老人が少年に、というのは聞いたことがない。

「ほらな、何かありそうな気配がするだろう？」

「何かって、そんな曖昧な」

「タイトルは、『現代版ヴェニスに死す』だな」

「いや、そんなの、調べる前から決め付けられても……」

おれの主張は、編集長の立派な福耳を空しく通り抜けるだけだった。

映画にもなった小説『ヴェニスに死す』——旅先で出会った美少年に狂ったように焦がれて死ぬ中年男の物語だ。強面《こわもて》の編集長はこう見えてなかなかの文学青年だったらしく、例の「和製ギャツビー事件」も、編集長が命名したものだ。

「で、お前、暇だよな？」

ふいに真面目な顔に戻った編集長は顎をしゃくって、パソコンの画面を示した。「初夏の入れ食い穴場スポット！」と銘打たれた、ポップなデザインの釣り場情報サイトを。取材の下調べです、と白を切れる状況ではなかった。

「……わかりましたよ、やります、やりますって」

おれは両手を上げて降参した。乗り気の編集長に逆らうと、後が面倒くさいのだ。


編集長に急《せ》き立てられ、梅雨真っただ中のじめじめした曇り空の下に追い出されたおれは、事件現場であるアパート「コーポ山根《やまね》」に向かった。

「コーポ山根」は、最寄駅から徒歩二十分ほどのひっそりとした住宅街の中にあった。二階建ての古い建物で、外壁は色褪せ、金属製の階段は錆《さ》びて変色している。部屋数は十数戸ほどに見えた。敷地の入り口付近には、大小の植木鉢が二十鉢近く並び、狭い敷地をさらに圧迫している。

右隣は「売地」と掲げられた更地で、左隣は小料理屋らしい一軒家だが、傾いた看板や汚れた玄関前の様子から、閉店して長いことが見て取れる。

四日前の六月十五日、膳所《ぜぜ》剛男《たけお》は、「コーポ山根」の二階の自宅の窓から転落し、地面に頭を打ち付けて死亡した。窓は腰より上の高さに設置されていたため、不注意で転落したとは考えにくく、警察は自殺または他殺の疑いで捜査を進めているという。

遺体が見つかった現場に向かうため、建物の裏手に回り込むと、壊れた冷蔵庫や錆びた扇風機などが積み上げられていた。住民の粗大ごみ置き場といった感じだ。ごみの山の間——大人一人が何とか通れるくらいのすき間を通り抜けて、現場にようやく辿り着いた。

元は駐車場だったようで、コンクリートで固められた地面にうっすらと白線の跡が残っている。すでに警察も撤収しており、事件を思わせる痕跡は残っていなかった。転落死なら血痕が残りそうなものだが、それも見当たらない。事件の日の前後は連日雨が降り続いていたから、血が染みつく間もなく洗い流されたのだろう。

そういえば例のアルバムも、フィルムに守られていた写真以外は雨水を吸って無残な状態で、水性インキの流れた痕だけが空しく残っていたそうだ。愛の言葉やポエムが書かれていたならいいネタになっただろうにと、編集長は心底残念そうだった。

ポエムねえ。編集長はどうしても『ヴェニスに死す』のストーリーをなぞりたいようだが、そううまくいくかどうか。

再びごみの間を抜けて表に戻り、じんわりと汗をかきながら野良犬のようにぐるぐると歩き回っていると、植木鉢の横に立っている老婆《ろうば》と目が合った。水やり用のホースを片手に、不審そうにこちらを見ている。いつの間に現れたのか、まったく気配を感じなかった。

おれは老婆に素早く駆け寄り、へらりと笑いながら名刺を差し出した。

「どうも、ご挨拶が遅れて失礼しました。僕はこういう者です」

老婆はホースを投げ出して、名刺を受け取った。

「霧島さん……記者？　ああ、例の事件の取材だね」

老婆――山根早紀子《さきこ》は、このアパートの大家だと名乗った。表情こそ不愛想だが、喋りたくて仕方ないとうずうずしているのが伝わってくる。取材相手としては申し分ない。

「まったく、こんなことになるなんてね。いくらあの膳所の次男坊だからって、まさか人死にが出ると思わないだろ。わかってたら貸しゃしなかったのに」

「『あの』ってことは、膳所さんはこのあたりでは有名だったんでしょうか」

「有名じゃなくて悪名さ。昔から鼻つまみ者だったんだよ」

早紀子は大げさに鼻を鳴らした。

膳所剛男の経歴については、簡単なことは調べてあった。年齢は六十九歳、若い頃から窃盗や傷害、違法薬物の売買などで何度も逮捕され、塀の中で過ごした年月は二十年を超えていた。三年前に刑期を終えて出所してからは生活保護を受けて、役所に紹介されたこのアパートに住んでいた。

「膳所の家は、昔からこのあたり全部の地主でね。もっとも、あちこち切り売りして、今じゃほとんど残っちゃいないって話だけど」

「それじゃ、剛男さんの素行は余計に目立ったでしょうね」

「目立つも何も、いい恥さらしだっただろうよ。親は次男がやらかす度に頭下げて回ってさ、長男坊も、とばっちりで何度も縁談が駄目になって。下手に土地持ちだから逃げ出すわけにもいかなかったんだろうね。次男坊のほうは、何回目かの『お務め』の後からぱったり名前を聞かなくなってたけど、結局人間は生まれた場所に戻ってくるもんなんだね。もっとも、家族のほうからはとっくに縁切りされてたみたいだけどさ」

「そうなんですか？」

「そうだよ。でなきゃ、生活保護なんか受けないだろ。仮にも地主の息子がさ」

早紀子の物言いは冷淡だった。聞けば、早紀子も剛男には迷惑していたという。

「いい年してまともな近所づきあいもできなかったんだよ。すれ違って舌打ちされたとか、ごみの捨て方を注意したら怒鳴られたとか、入った時から揉め事ばっかりでね」

「それじゃ、近隣で親しくされていた方なんかは」

「いるわけないよ。ああでも、何日かおきに介護の人が来てて、その人とはうまくやってたみたいだけどね。何だか楽しそうに笑ってるのが聞こえたりしてさ」

「ホームヘルパーの宮本寛子《みやもとひろこ》さんですね。膳所さんの遺体の第一発見者の」

「そうそう、その人。名前までは知らなかったけどね」

剛男は二年ほど前に脳梗塞を起こし、その後遺症で右半身に軽い麻痺が残ったため、数日おきに買い物や家事の生活介助を受けていた。

事件が発覚した六月十六日、寛子はいつも通り午前中に部屋を訪れたが、応答がなかった。不審に思ってアパートの周囲を見て回り、剛男の遺体を発見したのだった。実際の死亡推定時刻は、前日の夜とされている。

「あたしは前の日から娘の家に泊まりに行っててねえ。警察から電話がかかってきて、そりゃもう驚いたよ。飛んで帰ってきたら、警察やら野次馬やらですっちゃかめっちゃかさ」

「それは大変でしたね」

「そこからがまた大変だよ。ホトケさんを運び出すからって裏のゴミをどかすことになって、大騒ぎさ。おまけに、ここに置いてた植木鉢まで壊されたんだ」

早紀子は足元の植木鉢群を示して、不機嫌そうに吐き捨てた。

「植木鉢？　誰にですか？」

「決まってるだろ、犯人だよ。ホトケさんの横で粉々さ。空の鉢だったのが不幸中の幸いだったけどねえ」

「そうですか……」

剛男の部屋から落としたのだろうか。しかしそのためには、植木鉢をわざわざ持ち込まなければならない。犯人はいったい何のために、そんなことをしたのだろう？

もし自殺だとすれば、剛男はまず植木鉢を落として割り、その後を追うように飛び降りたことになる。これはこれで、意味が分からない。

まあ、わからなくても構わない。おれは事件の捜査ではなく、取材に来たのだ。それも剛男を殺した犯人ではなく、剛男が持っていた写真について。

「ところで、遺体を発見したヘルパーの宮本さんというのは、どんな方でしたか？」

話を切り替えると、早紀子は唇を歪ませて笑った。

「訳アリの後妻」

「へ？」

「冗談だよ。そういう雰囲気があるのさ。あれは、何かあるクチだよ」

「何かって」

「それは知らないよ」

好き放題言ってくれるが、使い様があるという意味では、悪くないコメントだ。

「ちなみに、剛男さんのところに、小学生くらいの男の子が訪ねてきたことは」

言い終わらないうちに、早紀子が言葉を被せてきた。

「警察にも聞かれたよ。写真の男の子だろ？」

「ええ。見たんですか？」

「見せられたよ。この子を見たことがないかって、何枚かね」

「それは、どんな写真ですか？」

剛男のアルバムの実物までは、さすがの編集長も入手できなかった。どんな写真だったのか、大まかにでもわかれば記事にしやすい。

「どんなって、普通の写真さ。入学式とか、あとは遠足か旅行みたいな写真だったね。可愛《かわい》い子だったよ」

「なるほど。それで、その子がこのアパートに来たことは」

「さあ、あたしは見たことないよ。でも、まあ、仕事のついでに連れてきたこともあったかもしれないね」

早紀子がわざとらしくもったいぶるので、期待に応えることにした。

「ええっと、仕事のついで、とは？」

「だって、その子──例の介護の人の、息子だって話だよ」

「ええ、そうなんですか！」

ここぞとばかり、今日一番の大声を張り上げると、早紀子は満足そうだった。本当は、編集長からすでに聞いていた情報なのだが、これくらいは情報提供者へのサービスだ。

剛男の遺体とともに発見されたアルバムの中には、小学校の門前で撮られた入学式の写真があった。写真の中央で笑う少年の隣には、第一発見者である寛子が写っていた。それで、少年の身元がすぐに判明したのだ。

ベラベラと喋り続けている早紀子に適当な相槌《あいづち》を打ちながら、考える。

家族と縁薄く、近所からも疎まれていた孤独な老人。唯一交流のあった相手はホームヘルパーの女性で──その息子の写真とともに、老人は死んだ。

彼は最期に、誰を思っていたのだろう？


翌日は、宮本寛子の自宅に向かった。剛男のアパートからは電車で数駅程度の距離で、中間地点に寛子の所属する介護事業所があるが、そちらに立ち寄るつもりはなかった。

電車を降りて、坂道を上ること十五分。マンションというよりは団地といった風情の、四階建ての集合住宅にたどり着いた時には、昨日に引き続いて背中は汗でべったり湿っていた。おまけに、この集合住宅にはエレベーターがなかった。

三階の一番奥の部屋、表札の出ていないドアの前に立ち、息を整えて、時刻を確認する。十六時、計算通りだ。寛子はまだ仕事中のはず。

インターホンを押すと、ややあって、「はい」と細い声が答えた。おれは、できるだけ明るく感じの良い喋り方で応じた。

「すみません、こちら宛ての荷物が僕のところに間違って配達されたみたいで、引き取ってもらえませんか?」

「……あ、はい」

相手は少し躊躇《ためら》ったあとにそう答え、数秒後には、外開きのドアがそっと開いた。顔を見せた相手は予想通りだ。

「こんにちは。宮本日向《ひなた》くんだよね?」

途端に、少年が強張った表情でこちらを見上げた。

寛子が、息子の日向と二人で暮らしていることはわかっていた。寛子の留守を訪ねれば日向に接触できると踏んだが、狙い通りだ。

日向の年齢は小学校六年生という話だから、十一歳か十二歳のはずだが、それよりも幼く見えた。背が低く、小学校低学年向けのアニメキャラのTシャツが年齢不相応に子どもっぽい。サイズはギリギリ問題ないが、生地がくたびれて、何年も着ていることが一目でわかる。

「……あの、荷物って」

「あー、ごめん、それは嘘。駄目だよ、知らない人相手にあっさりドア開けちゃ。こういう悪い大人がいるからね」

警戒を解こうと笑ってみせたが、日向は顔をしかめて、ドアを閉めようとする。その前に、ベタなセールスマンのやり口の要領で靴を挟んだ。

「待って待って、ちょっとだけ話聞かせて。膳所剛男さん、知ってるよね。お母さん、警察に話聞かれてたでしょ。僕もあの事件のこと調べてるんだ」

早口でまくしたてながら、ドアのすき間から名刺を突き出した。そろそろと手を伸ばして受け取った日向は、名刺とおれの顔をせわしなく見比べた。

「……でも、お母さんは、今、仕事で」

「知ってる。僕は君の話を聞きに来たんだよ」

日向の黒い目を覗き込む。

「膳所さんが持っていた写真の男の子、君なんだろ？　君も、お巡りさんに聞かれたんじゃない？」

編集長から「美少年」と聞いた時は、話を盛られているのだろうと思っていたが、日向を見た感想は「なるほど」だった。芸能人やアイドルのようなわかりやすい美形というわけではないが、切れ長の目や華奢な体つきに独特の雰囲気がある。十代の子ども特有の、儚さというか、未熟さというか。山根早紀子が「可愛い」と言ったのも、単に子どもだからというわけではなさそうだ。

でも、それだけじゃないな、と直感する。

不審人物に違いないおれをじっと見ている日向の目にあるのは警戒心で、恐怖心ではない。年齢に似合わず、肝が据わっている。

「そのせいだと思いますか？」

観察に気を取られていて、返事が遅れた。

「え?」

「膳所さんが死んだの、あの写真のせいですか?」

日向の口調は、挑発にしては静かすぎ、純粋な疑問というには含みがあった。一番近い表現はおそらく、「諦め」だ。

「……それ、誰かに言われたの?」

日向はすっと視線を外して、「別に」と呟き、ドアノブを握る手に力をこめた。おれは急いで言った。

「写真はただの記録だよ。人が勝手に意味を付け加えるだけで」

言ってから、小学生には難しかったかもしれないと思ったが——閉まろうとしていたドアの動きが、止まった。その隙に、さらに質問を投げかけた。

「膳所さんに写真あげたの、君?」

「違う」

切りつけるような、素早い返答だった。

「じゃ、君のお母さん?」

日向は答えなかった。

日向が小学校に入学した五年前、剛男は服役中だ。入学式の写真は、剛男本人が撮影したものではありえない。剛男があの写真を入手でき、さらにアルバムが作れるほどの量を持っていたことを考えれば、写真の提供者は十中八九、保護者である寛子だ。

わからないのは、何故そんなことをしたか？　その動機だ。

「日向くんは知ってる？　何で、会ったこともない膳所さんが、君の写真を持ってたのか」

実際のところ、日向と剛男に面識があったかどうか確証はないが——否定でも訂正でも、会話のきっかけになれば何でもいい。日向の興味を引くことができれば。

おれはもうドアに足を引っかけていなかったが、日向はドアを閉めようとはしなかった。探るようにおれを見上げて、答えた。

「……会ったことは、ある。一回だけ。運動会で」

よし、会話に乗ってきた。おれは内心でガッツポーズを決める。

「運動会？　いつの？」

「六月八日」

剛男の死の七日前だ。それにしても、自分の子どもの学校行事に呼ぶほど、寛子と剛男は親しい間柄だったのだろうか。「訳アリの後妻」という早紀子の言葉が頭をよぎる。

「運動会って、家族じゃなくても入れるんだね」

「入ってない。グラウンドのフェンスの、向こう側で見てた」

「へえ。話はした？」

「ちょっとだけ……お母さんと一緒に来てた。お母さん、仕事で来られないって言ってたんだけど。それでびっくりして、話しに行ったんだ。お母さんも膳所さんも驚いてた」

寛子にしてみれば、剛男と日向を会わせるつもりはなかったのかもしれない。遠くから見るだけのつもりが、予想外の接触に慌てたのか。

「膳所さんとは、どんな話したの？」

「……大きくなったね、って。入学式の時は、あそこの門の半分しか背丈がなかったのにって。あとは、どの競技に出るとか、そういうの」

「膳所さんに会ったのは、それが初めて？」

「うん」

とはいえ、日向が気づいていないだけで、一方的に姿を見られていた可能性も否定できない。そうなるといよいよ、『ヴェニスに死す』の物語めいてくる。

「じゃあ、その時は知らなかったのかな。膳所さんが、君の写真を持っていたこと」

「……あとで、聞いた」

「それってどんな気持ち？」

「気持ち……？」

日向は不思議そうに繰り返した。思いがけないことを聞かれた、とでも言いたげだった。

「だってさ、日向くんからしたら、初めて会った人が勝手に君を知ってたってことでしょ。嫌じゃなかった？」

「嫌っていうか……」

日向は目を伏せ、しばらく黙ってから、ぽつりと言った。

「何でだろうって、思った。でも、あの人は寂しいんだよ、って、お母さんが。だから、そういうものなんだって……仕方ないんだなって」

自分に言い聞かせるように、まるで何かの呪文のように日向がそう言ったから。

「は？　知ったこっちゃねえだろ、そんなん」

つい、口調が崩れた。

膳所剛男は、確かに孤独だったのだろう。家族とは絶縁状態で、アパートでの評判もよくなかった。人恋しさを埋めるために、日向の写真を欲しがったのか。会ったこともない他人の子どもの写真で寂しさを紛らわせていたのだとしたら、それはそれで哀れではある。

だからといって、剛男の孤独を日向が背負ういわれはない。

子どもの頃、親戚連中と顔を合わせるたびに、アレコレと好き勝手に言われて閉口したことを思い出す。相手が親戚でもうっとうしいのに、それが初対面の赤の他人だとしたら、いよいよ薄気味悪いに決まっている。

「確かに、膳所さんは寂しくてかわいそうだったかもしれないけど、だからって日向くんが自分の気持ちを我慢する必要はないだろ」

日向は呆然とした様子で、こちらを見上げた。

その時、階段を上る足音が聞こえてきて、おれはちらりと時計を見た。寛子はもちろん、隣近所に見られる前に、いったん切り上げたほうがよさそうだ。

「明日、同じ時間に来るよ。それで、日向くんが知りたいこと、一緒に調べよう」

「知りたいこと……」

「膳所さんのこと、よく知ってる人に会わせてあげる。あ、お母さんには内緒だよ。できる？」

「……いいよ」

小さく頷いた日向に「ありがとう」ととびっきりの笑顔を向けて、ひらりと手を振った。

「じゃ、また明日ね」

「うん」

歩き出したおれの後ろで、ドアが閉まる音がする。同時に、こちらに歩いてくる女と正面から鉢合わせた。

薄い化粧は汗でよれ、ひっつめ髪には白髪が交じっている。年は四十代半ば、あるいは五十近くに見えた。肩には大きく膨らんだ買い物袋をぶら下げている。それを避けるようにすれ違った後、女がこちらを振り返った気配がした。

おれの後ろにあるのは宮本寛子の部屋だけだ。女――寛子に、部屋を訪問したことを勘づかれたかもしれない。

日向がうまくやることを願いつつ、おれは携帯電話を取り出した。念のために一階まで下りてから、番号をプッシュする。繋がった先のいぶかしそうな声に、愛想よく告げる。

「初めまして、記者の霧島と申します。弟さんの件、お悔やみ申し上げます。ああ、待って、待ってください。弟さん――膳所剛男さんの、例の写真の件はご存じですよね？　あの写真の子に頼まれたんです。どうして剛男さんが、自分の写真を持っていたのか知りたいって。……ええ、ありがとうございます。では、明日の十六時半ということで」

古今東西、人間は動物と子どもに弱いと相場が決まっているのだ。

翌日の同じ時間、寛子の家を訪れたおれは、日向を近くの公園に連れ出した。さすがに誘拐の疑いをかけられたくはないので、日向には母親宛ての書置きを残させた。飲食店ではなく公園を選んだのも、「たまたま知り合って遊んだだけ」という体を取り繕うためだ。昨日寛子とどういうやりとりをしたのかは知らないが、日向はすんなり家を抜け出した。

公園には誰もいなかった。まだ西日は差していなかったが、日陰のベンチでも蒸し暑いことに変わりはなかった。日向はおれが買い与えたジュースを飲みながら、文句も言わずにじっと座っていた。

時間を持て余したので、日向から身の上話を引き出すことにした。本人が気づいていないところで剛男と接点があったかもしれないからだ。日向は自分から喋る性格ではないようだが、質問されたことには的確な答えを返した。

日向と寛子がこの町に引っ越して――というより戻ってきたのは四年前、寛子の離婚が成立してすぐのことだったらしい。日向が生まれてから三歳までは、寛子の実家に近いこの町に一家で住んでいたが、日向の父親の転勤によって町を出た。そして離婚を機に戻ってきた、というわけだ。日向の父親は離婚前から別居しており、離婚後の交流も希望しなかった。そのため、日向は父親のことをほとんど覚えておらず、連絡を取ったこともないという。

ということは――剛男が持っていた写真を提供したのが日向の父親、という可能性は低い。やはり、剛男と交流のあった寛子と考えるのが妥当だ。

いったいどういう経緯で、寛子は我が子の写真を剛男に渡すようになったのだろう？

それに日向の話を聞く限り、剛男との直接の接点は見いだせなかった。会ったのは運動会が初めてで、剛男のアパートの近くに行ったこともない。剛男はいつ、どうやって、日向を「見初めた」のだろうか？

結局疑問は解決されないまま、約束の時間になった頃、公園に入ってくる高齢の男性の姿が見えた。足取りはしっかりしていて、白髪を除けば年齢を感じさせない。

立ち上がって会釈したおれに気づいて、男性は近づいてきた。

「霧島さんですね。剛男の兄の、膳所厳男《いわお》です」

それから厳男は隣の日向を見て、小さく頷いた。

「君が……剛男の」

「日向です」

日向は小さい声で言いながら、ぺこりと頭を下げた。厳男は困惑した様子で、じっと日向を見つめた。

厳男は、剛男の二歳上の兄だ。生前の剛男とは縁を切っていたようだが、死亡したとなれば、唯一存命中の家族である厳男に連絡が行く。死亡した状況についても警察から聞かされているはずだ——疎遠とはいえ実の弟が、見知らぬ少年の写真を所持して死んだことを。その当の少年と顔を合わせることになったのだから、いくら年の功を積んだところで動揺は隠せないのかもしれない。

「おかけになりませんか」

促すと、厳男はようやく日向から視線を外した。おれ、日向、厳男の順で、並んで腰を下ろす。

「今日はご足労いただき、ありがとうございます」

おれが切り出すと、厳男は苦々しい顔でため息を吐いた。

「……正直に申し上げて、事件の取材ならお断りするつもりでした。剛男とはもうずっと連絡を取っていませんでしたから、話すこともありません。ただ……」

「この子のため、ですね？」

厳男は日向を見て、ゆっくりと頷いた。

「私にも、小学生の孫がいます。大人の都合で子どもが苦しむことだけは、あってはならないでしょう」

まっとうな大人の言い分だ。そしてまっとうではないおれは、それを逆手にとって、日向を連れてきたわけだ。

「……それじゃ、どうぞ」

水を向けると、日向はおずおずと厳男を見上げた。

「……えっと、膳所さんは、膳所さんと……えっと」

「剛男と、私のことかな」

「はい」

日向は恥ずかしそうに口ごもった。度胸が据わっているようで、こういうところはやはり子どもっぽい。

「その……仲が、良くなかったんですか」

意外な質問だった。てっきり、剛男のことを聞きたがると思ったのだが。

厳男は、嚙《か》みしめるようにゆっくりと答えた。

「そうだな……子どもの頃は、仲が良かったよ。でも、大人になってからは、喧嘩ばかりで、会うのも止めてしまった」

「どうしてですか」

厳男は少し言葉に詰まってから、慎重に答えた。

「剛男は、乱暴者でね。人に迷惑をかけることばかりして、私も両親も大変な思いをたくさんしたんだ。いくら注意しても剛男は聞く耳を持たなかったし、それでとうとう、嫌になってしまったんだよ」

「それじゃ、嫌いになりましたか？　家族なのに？」

「……家族でも、許せないことはあるよ。君にはまだ難しいかもしれないけど……私の家族は剛男だけじゃない。家族を守るためには、剛男と離れるしかなかったんだ」

語り口は子ども向けの穏便なものだが、内容は手厳しい。

三年前、出所した剛男が生活保護を申請した時、兄である厳男のもとには扶養照会があったはずだ。親族から充分な援助が得られる場合、生活保護は下りない。しかし、剛男は生活保護を受給していた。それはつまり、厳男が援助を断ったことを意味する。「家族のほうからはとっくに縁切りされてた」と、大家の山根早紀子も言っていた。

元地主としての世間体も体裁もかなぐり捨ててまで、剛男に関わりたくなかったのか。剛男のそれまでの素行を鑑みれば、わからないでもない。扶養照会を受けたことで、困窮した剛男に金をせびられる可能性を考え、いっそう警戒を強めたのかもしれない。

厳男ははっきりと、境界線を引いたのだ。自分の生活に関わるなと、実弟を拒絶した。血の繋がった家族から締め出された時、剛男は何を思っただろう。兄を恨んだだろうか。それとも、己の所業のせいと諦めただろうか。

日向は少しの間、考え込んでから言った。

「お母さんは……あの人を、寂しい人だと言いました。だから、写真を持っていたんですか？　本当の家族の代わりに」

「……剛男が何を考えていたのかは私にはわからないが、きっと剛男は、君とお母さんの関係がうらやましかったんだと思う。剛男は、父にも母にも嫌われていたから……もちろん、あいつ自身のせいなんだが」

おや？　おれは耳をそばだてた。思いがけない方向に話が転がっていきそうだ。

剛男は、日向自身に執着していたのではないのか？

「うらやましい？　ぼくとお母さんが？」

不思議そうに言う日向に、厳男は尋ねた。

「君は、『ことろことろ』を知っているかい」

「……はい。この間の運動会の、親子競技がそれでした」

「運動会……ああ、そうか」

厳男は目元を緩ませた。

「君も孫と同じ小学校だったな。私も運動会を見に行ったんだよ。今の若い先生たちが、『ことろことろ』を知っているなんて意外だったな」

それから思い出したようにこちらに視線を向けたので、「わかります」と頷いてみせた。これでも一応、記者だ。それなりに浅く広く知識は蓄えている。

「ことろことろ」は、日本最古の鬼ごっこと言われている遊びだ。鬼を祓《はら》う儀式である追儺《ついな》や、仏教の奉納舞に起源を持つとされる。鬼役が一人、親役が一人、それに複数の子役に分かれ、子役は親役の後ろに一列に並ぶ。鬼役は親の正面に立ち、最後尾の子役を捕まえようとする。親役は、鬼役に立ちはだかって子役を守る。子を取られたら親の負けだ。確かに、ルールを工夫すれば、運動会の団体競技に転用できるだろう。

厳男は記憶を辿っているのか、ゆっくりと言った。

「剛男が持っていた君のアルバムの題字の部分に、書いてあったんだよ。『ことろことろ』とね。あれは、親が子を守るという遊びだろう。剛男は、お母さんに愛されて、守られている君を見ていたかったんじゃないかな」

「写真を持っていたのは、そういうこと……？」

「あいつは昔から、両親とうまくいかなかったからな。もっとも、アルバムに題をつけるなんて、あいつにそんなしゃれっ気があるなんて思わなかった」

「……ぼくが言ったから」

日向はぽつりと言った。

「君が？」

「運動会に来ていた膳所さんと話した時、ちょうど親子競技で『ことろことろ』をやってたから、ルールを説明したんです。ぼくは、お母さんが来られなくて、出てなかったので」

「ああ、それで……当の君からその話を聞いたから、『ことろことろ』にしたんだな。ようやく納得がいったよ」

厳男の呟きに、公園のスピーカーから流れ始めた童謡が重なった。子どもたちに帰宅を促す、物悲しいメロディだ。空は灰色の雲に覆われて暗くなっており、そろそろ、日向を帰したほうがよさそうだ。

同じように考えたのか、厳男もベンチから立ち上がった。おれも腰を上げる。

「膳所さん、今日はありがとうございました。少し、よろしいですか」

この場をセッティングしたのは、何も慈善事業ではなく、おれ自身の取材のためなのだ。日向のおかげで興味深い話は聞き出せたものの、補足で確認したいこともある。

厳男はやや警戒した様子でおれを見た。

「何でしょう」

「大したことじゃないんです。剛男さんと最後に直接会われたのは、いつですか？」

厳男は一瞬、顔をしかめた。

「さあ……はっきりとは覚えていませんが、もう十年以上も前ですよ」

「剛男さんは三年前に生活保護を申請しました。その際に、扶養照会が厳男さんのところに来たと思うのですが」

「来ましたね。断りましたが」

そっけない口調だった。兄弟が絶縁状態だったのは確かなようだ。

「では、最近の剛男さんのことは」

「何も知りません」

「ヘルパーの宮本寛子さんと親しくされていたことや、アルバムのことも？」

「知りません。警察で見せられて……それで、初めて知ったんです」

「そうですか。アルバムを見て、どう思われましたか？」

厳男は日向を気にするようにちらりと見てから、声を低めた。

「何をやっているんだ、と思いましたよ……相変わらず、人様に迷惑ばかりかけて」

「迷惑、ですか」

「きっとあいつがしつこく言ったから、そのヘルパーの方も嫌々写真を渡したんでしょう。申し訳ないことです」

「……そうですか。ありがとうございました」

おれが頭を下げると、厳男は軽く頷いた。

「それじゃあ、私はこれで。じゃあね、ひかるくん」

「ありがとうございました」

おれは目をみはった。

ぺこりとお辞儀をする日向が、微笑んでいるように見えたからだ。

でも次の瞬間にはその笑みは消えていたから、夕日の陰影が見せた錯覚だったかもしれない。


「我慢する必要ないって、言ったのに」

公園を出て日向を送っていく帰り道、おれが言うと、日向はきょとんとした顔を見せた。

「何のこと？」

「名前。最後に間違えただろ、あの爺さん。ああいう時は言ってやればいいんだよ、間違えてるぞって」

最初に名乗った時、日向は喋りながらお辞儀をしていたから、聞き取りづらかったのかもしれないが。

「別に……膳所さんも間違えたし」

その時、ぽつぽつと雨が降り出した。ちょうど、厳男の孫や日向の通う小学校の門の前に差し掛かったところだった。

ここで小学校一年生の日向が写真を撮ったのか、と思って眺めたが、当時はピンク色の花を咲かせていたに違いない門前の桜には青々とした葉が茂っていて、イメージが湧きづらい。

おれも日向も傘を持っていなかったので、長々と立ち止まっているわけにもいかなかった。小粒とはいえ、次々と落ちてくる雨粒は、アスファルトの色を変えていく。水を含ませた筆で水彩色鉛筆をなぞって、色を溶かし出すように。

その時、脳裏にゾワリとした違和感が生まれた。

溶ける。水。雨――。

「霧島さん」

日向の声に、意識が現実に戻った。風呂場のように蒸した空気と、濡れたアスファルトの匂いが一気に押し寄せる。

「お母さんに、会ってくれませんか」

「……どうして？」

「お母さんはあの事件のあと、ずっと不安そうなんです」

日向は、雨に濡れる門を見つめている。

「だから、事件について説明してくれませんか。そうすれば、お母さんも気持ちが整理できると思うんです」

どうしておれがそんなことを、と尋ねかけて、質問を変えた。

「日向くん。剛男さんに名前を間違えられたのは、いつ？」

「運動会」

「間違えて、何て呼ばれた？」

日向は静かに答えた。尋ねられることが、わかっていたかのように。

「ひかる」


もちろん諸手を挙げて歓迎されるとは思っていなかったが、寛子の態度は苛烈だった。インターホンを鳴らしてすぐに玄関から出てきた寛子は、日向をひったくるように抱き寄せ、鋭い目でおれを見た。

「どちら様ですか」

「こういうものです」

名刺を渡すと、寛子の表情はますます厳しくなった。

「どういうつもりですか」

「膳所剛男さんについて、日向くんからお話を」

「日向はまだ子どもなんですよ！　勝手に連れ出したりして……警察を呼びます」

「お母さん」

日向がおずおずと寛子の腕を引いたが、寛子は一顧だにせずに振りほどいた。

「お母さん、ぼくが自分で付いていったんだ。知りたかったから」

「あなたはまだ子どもだからわからないの。こういう連中は、人の不幸を面白がって書き立てるんだから、相手にしちゃ駄目」

「ひどい言われようだな」

この程度の罵詈雑言なら聞き慣れているが、寛子の容赦のなさには口笛を吹いて囃《はや》し立てたくなった。

「日向くんは確かに子どもですが、いろいろなことをちゃんとわかっていますよ。子どもだからって無視できる年齢じゃない」

「偉そうに……人の家庭に口を出さないでください、帰って」

「おや、帰っていいんですか？　警察呼ぶって言うから待ってたのに」

寛子は、ものすごい目つきでおれを睨んだ。

「僕は確かに、いわゆるゴシップというやつで飯を食っていますよ。人の不幸や不始末や愛憎劇を、面白おかしく記事に仕立てて日銭を稼いでますよ。だって、そこにあるんだから」

「何を言って――」

「不幸も不始末もしょうもない愛憎劇も、全部現実に起きたことだ。どんなにみっともなくて汚いことでも、なかったことにはできない、そうでしょ？　暗い話、嫌な話、惨《みじ》めな話。なかったことにして取り繕って、世の中にはいいことや楽しいことや幸せなことしかないんだって、そんな嘘を並べ立てるほうが、僕はごめんだね」

寛子は不愉快そうに顔をしかめた。

「そんなの、屁理屈でしょう」

「じゃ、あなたの理屈で説明してくださいよ。どうして日向くんの写真を、膳所剛男さんに渡したんですか?」

「何の話ですか。大体、あなたには関係ないでしょう」

「じゃあ、日向くんにどうぞ」

「日向、いいから、奥に行ってなさい」

ぞんざいに言いながら、寛子は振り返り——自分を見上げる日向の眼差しに、はっとたじろいだ。

日向の表情は静かだったが、有無を言わさない何かがあった。

「日向……」

寛子は、怯んだように目をそらした。そこに、畳みかける。

「さあ、どうぞ。知らない間に自分の情報を売られて、初対面の爺さんに馴《な》れ馴《な》れしく話しかけられることになったその子に、その正当性を説明してみせてくれ」

「それは」

日向はもう一度、寛子の腕を引いた。

「お母さん、話して。それで、話を聞いてほしい。霧島さんと、ぼくの」

寛子は、腕を振り払わなかった。

「お邪魔しますね」

おれは、ドアの内側に足を踏み出した。

玄関に入り、いくつかのドアに面した短い廊下を抜けると、壁際にキッチンが据えられたリビングダイニングになっていた。ダイニングテーブルには買い物袋や広告が置かれている。それらを雑にどかしながら寛子に促され、おれはテーブルについた。さすがにここでお茶を所望するほど、図々しくはない。

寛子はおれの向かいに、日向はその隣に座る。気まずい沈黙が始まる前に、おれは切り出した。

「改めて……僕は、先日亡くなった膳所剛男さんについて独自に取材を行っています。そのために、お話をうかがえますか？」

玄関先でのやり取りで気勢をそがれたのか、寛子は「はい」とぼそぼそと答えた。

「宮本さんが、ヘルパーとして膳所剛男さんを担当するようになったのは、いつからですか？」

「……一年くらい前からです」

「膳所さんは、近所ではトラブルを起こしがちだったようですね。宮本さんは、膳所さんとは良好な関係を築いていたと聞いていますが」

「……最初は、確かに、苦手でした。口調や態度が荒っぽいところがあって……特にカッとなると、自分でも怒りをコントロールできないみたいでした。でも、本当は寂しいだけの人だったんです」

寂しい、ね。日向もそう言っていた。

「膳所さんと打ち解けたきっかけは、何だったんですか？」

「具体的なことは忘れましたが……確か、膳所さんが、家族が欲しかったというようなことを言ったんです。分厚い家族アルバムのある家に憧れていたって……それで、息子の写真を渡したら、とても喜んでくれて」

寛子の語り口は親しげで、厳男が言ったような「迷惑」や「嫌々」という印象は感じられない。

「それで、日向くんの写真を何枚も渡すようになった、と。本人には何も言わずに」

寛子はうつむいた。

ここで無理に問い詰めるつもりはないので、話題を変えることにした。

「亡くなった膳所さんを発見した時のことを、聞かせてもらえますか？」

「……日向の前ですから……」

「お母さん、ぼくなら大丈夫だから」

躊躇《ためら》う寛子の声に、日向がきっぱりとした言葉を被《かぶ》せる。

「ぼくも、ちゃんと知りたいから」

寛子はちらりと日向を見て、小さくため息を吐いた。

「……あの日は、膳所さんのお宅に伺う日でした。いつも通り、午前十時くらいにお部屋に行ってインターホンを鳴らしたのに、返事がなくて。今までそんなことはなかったので、おかしいと思いました。もしかして、外の空気でも吸いに出たのかと思って、アパートの周りを見て回って……アパートの裏で倒れている膳所さんを見つけました」

台本でも読み上げているような、抑揚のない滑らかな口上だった。警察に同じことを何度も聞かれたのだろう。

「見つけて、どうしました？」

「声をかけたけれど、返事がないので、救急車を呼びました」

「亡くなっていることには気づきませんでしたか？」

「わかりませんでした。ゴミで道が塞《ふさ》がれていて、近づけなかったので」

そういえば、と、「コーポ山根」を訪れた時のことを思い出した。アパートの裏手に入ってすぐのところに粗大ごみが積まれていて、人一人が通れるすき間しか残っていなかった。大家の早紀子によれば、あれでも剛男の遺体を運び出すために道を開けた結果だったそうだから、遺体が発見された時は、完全に道が塞がっていたということか。

さて、どうしたものかな、と思った。

実のところ、当初の目的はもう達成されたのだ。亡くなった膳所剛男の近親者に会い、写真の被写体である日向や、遺体の第一発見者の寛子からも話を聞けた。剛男の持っていたアルバムの真意についても、それらしい推測を厳男から聞き出すことができた。記事を書くには十分なネタが集まっている。

だから、このあたりで引き上げても構わないのだが——。

「宮本さんは、剛男さんが持っていた日向くんのアルバムを見たことがありますか？」

寛子は怪訝《けげん》そうに頷いた。

「……ええ、何度か」

「アルバムには、写真以外にも書き込みがされていたようでした。何が書かれていたか、覚えていますか？」

「何って……特別なことは、何も。写真を撮った時の年齢とか、場所とか、それくらいでした」

「そうですか」

残念でしたね、編集長。ポエムも愛の言葉もなかったみたいですよ。

「そのアルバムに、タイトルはありましたか？」

「タイトル？　ああ、そういえば、膳所さんが言ってました……最後に会った時に」

寛子はどこかぼんやりした声で言った。

「名前を決めた、『ことろことろ』にしたって……どういう意味かは、知りませんが」

「なるほど」

これで、繋がった。

「今日、日向くんと一緒に、膳所厳男さんに会ってきました」

途端、寛子ははっとした様子で顔を上げた。

「その様子だと、お兄さんの厳男さんのこともご存じなんですね。お孫さんが、日向くんと同じ小学校に通っているようでしたが」

「……保護者会とか、学校行事の保護者ボランティアによく参加されるので……」

「運動会に剛男さんを呼んだのは、厳男さんと引き合わせるためですか？」

「そうなの？」

声を上げたのは日向だ。寛子は答えない。

「最初は、日向くんに会わせるために剛男さんを呼んだんだと思っていたんですが、剛男さんは日向くんに会って驚いていたと聞きました。もしかして、日向くんとの接触は予想外で、本来の目的は、絶縁状態にあった兄の厳男さんに会わせることだったのではないですか？」

膳所という名字は珍しいし、元は大地主だったことも地元では知られている。厳男が剛男の兄であることを突き止めるのは、そう難しくなかっただろう。

寛子は観念したように、小さく頷いた。

「膳所さんは……お兄さんに会いたがっていました。ご両親の墓参りをして、これまでのことを謝りたいとも言っていました。……私の渡した写真を見て、『自分たちもこれくらいの年の時は仲が良かったんだ』って、寂しそうに話していて……」

「日向くんの写真を見て昔を思い出し、里心が付いたと？」

「そうかもしれません。お節介なのはわかっていました。膳所さんのご家族にも事情があったと思いますし……でも、膳所さんは本当に寂しそうだったんです。それで、運動会なら、偶然のふりもできるからって言ったら、最初は嫌がってましたけど……」

「結局行くことにした。それで、宮本さんが連れて行ったんですね。右半身に麻痺がある剛男さんには、介助が必要だったから」

だから寛子は、運動会の会場で日向に見つかった時に慌てたのだろう。仕事で行けないと言っていたのに、実際には会場にいたわけだから。

日向に事情を話せばよかったのに、と思うが、本人に黙って写真を渡していた後ろめたさで、剛男のことは話しづらかったのかもしれない。

「結局、厳男さんには会えたんですか？」

「会ったというか……遠目に姿だけを見ました。話しかけるのは、膳所さんが嫌がって」

「その後、厳男さんと連絡を取ったかどうか確かめましたか？　運動会の後も、何回か剛男さんの家には行ったんでしょう？」

「……亡くなるまでの間に二回。でも、厳男さんのことはあまり話したくなさそうだったので、しつこく聞くのも気が引けて」

「そうですか」

厳男は、剛男には十年以上会っていないと話していたが――。

「剛男さんと厳男さんは、会ったと思いますよ」

寛子は困惑した様子で、眉を寄せた。

「どうしてそんなことがわかるんですか」

「今日、厳男さんが、日向くんの名前を呼び間違えたからです」

「名前を……？」

「ひかる、って」

おれではなく日向がそう言った瞬間、寛子は目を見開き、ひっと喉を鳴らした。顔まで一気に青ざめたように見えた。貧血を起こして倒れるのではないかと、こちらの腰が浮いたくらいだ。

――一体、何に対する反応だ？

日向は母親の姿に動じることもなく、淡々と続けた。

「運動会の日に、膳所さん……剛男さんも、ぼくのことを『ひかる』って呼んだ。そのことを霧島さんに話したら、二人とも同じ間違え方をするのはおかしいって」

日向がバトンタッチするように視線を投げてきたので、寛子の様子を気にしつつ、話を引き継いだ。

「『ひなた』と『ひかる』。確かに音は似ていなくはないですが、複数の人間が全く同じように間違えるほど酷似しているわけでもない。最初に間違えたのは剛男さんで、巌男さんがそれを受けて、日向くんを『ひかる』と思い込んだんじゃないかと僕は思っています」

「それが……だから、何だっていうんです」

「問題は、いったいいつ、その間違った呼び方が伝わったかということです。巌男さんは、この十年、剛男さんには会っていないと話していました。剛男さんが日向くんの存在を知り、名前を間違えて覚えたのはこの一年以内のことですから、僕の推測が正しいなら、巌男さんは嘘を吐いたことになる。……それにもう一つ、巌男さんの話には不自然な点がありました。アルバムのタイトルです」

「タイトル……?」

寛子は怪訝そうに繰り返す。

「巌男さんは、警察からアルバムを見せられた時に、『ことろことろ』という題が書かれているのを見たと言っていました。でも、遺体が見つかったのは雨の日だった」

寛子がはっとして、唇を震わせた。「雨」と言ったように見えた。

「そうです。雨で、アルバムに書かれていた文章は流され、読めなくなっていたはずなんです」

水性ペンだったから、全部雨で流されちまったらしいんだよ——と、編集長も残念がっていた。

「それなのに、巌男さんはアルバムのタイトルが『ことろことろ』だと知っていた。事件より前に、アルバムを目にしていたからです。それも、おそらく直前に」

「どうして、直前ってわかるんですか」

「剛男さんが『ことろことろ』を知ったのが、運動会当日だからです。日向くんが説明するまで、剛男さんは『ことろことろ』を知らなかったんです。宮本さんもその場にいたはずですが、覚えていませんか」

寛子は曖昧に首を傾げた。当時は日向との予想外の邂逅に動揺して、話が耳に入っていなかったのかもしれない。

「運動会が行われたのは六月八日、事件が起きたのは六月十五日。間はわずか一週間だ。この間に厳男さんが剛男さんに会い、しかもそのことを隠しているのだとしたら」

「……厳男さんが殺したっていうんですか？」

「さあ……あくまで、厳男さんの話に不自然な点があるというだけで、僕の勝手な推測です。厳男さんが犯人と決まったわけじゃない」

「でもそれならどうして、厳男さんは剛男さんに会ったことを隠すんだろう？」

落ち着いた声でそう言ったのは、日向だった。

「日向くん」

「本当のことを言えない理由があるのかな。霧島さんは、どう思う？」

「……事件の捜査は警察の領分だよ。僕の話は……いわば、ただのロジックだ」

「ロジック？」

「辻褄と筋道が合うというだけの解釈、あるいは机上の空論。僕はただ、厳男さんと剛男さんの間にトラブルがあったかもしれないと言いたかっただけです」

「トラブルって、どういうことですか。膳所さんはただ、お兄さんと仲直りしたかっただけですよ」

寛子が怒ったように言い返す。

ああ、まったく、何でこんなことになったんだか。編集長の機嫌を損ねないように、適当に取材を済ませればよかったのに。

「剛男さんは、生活保護を受給していましたね。生活保護の受給要件の中に、『扶養義務者の活用ができない』という条件があります。三親等以内の親族からの経済的支援が得られる場合は、そちらが優先される。三親等以内には、兄弟はもちろん、甥や姪も含まれます。つまり、厳男さんの子どもたちだ」

「でも、膳所さんは家族から絶縁されていて」

「ええ、出所当時はね。だからこそ生活保護を受けていた。しかし、最近の剛男さんは、厳男さんとの家族関係を取り戻したいと望んでいたんでしょう。関係が復活したら、厳男さんとその子どもたちは、剛男さんの扶養義務者に該当する。さて、厳男さんは、それを受け入れられたでしょうか？」

「受け入れるって……だって、血の繋がった家族なんだから」

寛子は戸惑っているようだった。

「そうですね、家族だった。厳男さんはこう言っていました。『家族でも、許せないことはある』『自分の家族は剛男だけじゃない。家族を守るためには、剛男と離れるしかなかった』と。家族としてやり直しを望む剛男さんと、受け入れられない厳男さん。二人の対立が剛男さんの死を招いたというのが、僕の推理です——詳しい経緯は、わかりませんが」

厳男にとって剛男の望みは、それこそ「ことろことろ」だったのではないか。兄に家族の情を求める剛男の姿は、厳男が手に入れた平穏な生活や子どもたちに手を伸ばす、鬼に見えたのではないか。

厳男は、背中に庇《かば》った自らの家族を思って剛男の手を振り払い——そうして、厳男が直接手を下したのか、兄に見放されて絶望した剛男が自ら死を選んだのか。

もちろん、こんなのはただの想像だ。あと数日後には、どこかの居直り強盗が剛男を殺した犯人として逮捕されるのかもしれない。おれのまったく知らないところで展開された痴情のもつれが、明らかになるのかもしれない。

それでもおれが不確かなロジックを展開してみせたのは、犯人を突き止めたり、事件を解決するためではない。

一呼吸おいて、おれは言った。

「だから、日向。自分の写真が原因かもしれないとか、そんな風に思わなくていい」

日向は、不意を突かれたようにおれを見た。

「霧島さん？」

「……正直に言って、僕は日向の写真をネタにこの事件の記事を書こうとしてた。そういう立場の僕が言っても何の説得力もないと思うけど、でも——この事件がどんな結末を迎えたとしても、日向は何も悪くない。膳所剛男の死に何の責任もない。それだけは確かだ」

知っている人間が死んだというだけでも、子どもの日向がショックを受けるには十分すぎる出来事だ。その上、現場に自分の写真があったとなれば、自分が無関係とは思えないだろう。警察だって、日向と膳所剛男の死の関連を、執拗なまでに調べていることだろう。

だからおれは、そうではない可能性があることを提示したくなってしまった。剛男の死は自分の写真のせいかと尋ねた日向に、まったく別のロジックを構築してみせたかった。

嘘や誤魔化しは嫌いだ。美談で現実を飾り立てるより、醜いものは醜いまま世の中にさらけ出したいと思う。その結果として、誰かを傷つけることも人から恨まれることも承知している。

でも、だからこそ、誰かがいわれのない被害を受けることは、もっと嫌いだ。低俗だ下劣だと見下されるゴシップ記事をいくつも書いてきたが、事実確認を怠ったことも、事実無根のでっち上げを載せたこともない。

だからおれは、日向にも傷ついてほしくなかった。膳所剛男の死が自殺でも他殺でも、それがどんな動機で起きたのだとしても、日向は巻き込まれた被害者だ。

少しの間黙ってから、日向は笑った。

「霧島さんは、優しいね」

すっと吊り上がる唇の両端を見て、違和感に襲われた。

何と言ったらいいのだろう——微睡んでいた猫が急に大あくびをして、かっと開いたその口が予想外に大きく生々しいことにはっとするような、そういう感覚だった。

「僕は、別に」

「だから、本当のことを話すね」

日向はちらりと隣の母に視線をやった。

「お母さんが膳所さんに渡していたのは、ぼくの写真じゃないんだ」

寛子の肩が大きく跳ねた。

「日向……あなた、知ってたの」

「じゃあ、誰の」

寛子とおれの声が重なる。

「日光《ひかる》。日の光と書いて、ひかると読むんだ。ぼくの兄」

「兄……？　でも」

玄関にあった子ども用のスニーカーは一足だけだった。視界に入る室内にも、二人目の子どもの気配は感じられない。

戸惑うおれに、日向は言った。

「五年前に事故で死んじゃった。日光は小学校五年生で、ぼくはまだ一年生だった。ここに引っ越してくる前の話。ね、お母さん」

寛子は凍り付いたように日向を見つめていた。その表情が何よりも雄弁に、日向の言葉を肯定していた。

ようやく、小学校の校門前で感じた違和感の正体がわかった。

あの時は、巌男の話の矛盾点に気を取られていた。雨でアルバムの題字が溶けて読めなくなっていたはずなのに、「ことろことろ」というタイトルを巌男が知っていたことに。

だが、矛盾はもう一つあったのだ。

日向がこの町に引っ越してきたのは四年前――日向が小学校二年生の時だ。入学式の写真を、あの小学校の校門前で撮ったはずがない。剛男が持っていた写真は、日向ではありえないのだ。

あれは、父親の転勤で町を離れる前に小学校に入学した兄――日光だった。

膳所剛男が――そして厳男が日向を「ひかる」と呼んだのは、ただの勘違いではなかった。実在した「ひかる」と日向を、取り違えていたのだ。

「自分じゃよくわからないけど、今のぼくと日光は似ているみたい。膳所さんも、ぼくを日光だと疑っていなかったし」

「日向は……いつから気づいてたんだ……?」

「最初に変だなって思ったのは、運動会の時。膳所さんから入学式の写真の話をされて、しかも何度も『ひかる』って呼ばれたから、おかしいなって思ってた。それから膳所さんが死んで、警察からいろいろ聞かれて……お母さんが、警察に嘘を吐いていることにも気づいた。日光の写真を、ぼくだって言っていること」

寛子が身じろぎし、肩を丸める。日向の淡々とした口調に変化はない。

「でも、理由がわからなかった。どうして日光の写真を膳所さんに渡していたのか。どうして日光じゃなくてぼくの写真だなんて嘘を吐くのか。それが、膳所さんが死んだことと関係があるのか。でも、お母さんは聞いてほしくなさそうだった。だから、聞けなかった。そんな時に、霧島さんがうちに来た。部外者の霧島さんなら、遠慮なく調べて、突き止めてくれるんじゃないかと思ったんだ。膳所さんのことも、日光の写真のことも」

「それは……期待に応えられなかったみたいだな」

膳所剛男の死についてはそれなりの結論を出せたと思うが、写真のことは、こうして日向から明かされるまで気づいていなかった。日向にすれば肩透かしを食らっただろう。

しかし、日向は首を横に振った。

「ううん。霧島さんのおかげで、すっきりした」

「何が……？」

「厳男さんに会わせてくれたでしょ。厳男さんが言ってた、『家族でも、許せないことはある』って。それに、霧島さんは、『我慢しなくていい』って言ってくれた。嫌なことも暗いことも惨めなことも、なかったことにはできない、なかったことにしなくていいって、教えてくれた。霧島さんに会わなかったら、きっと、ぼくは何も聞けないままだった」

日向は、すっと体を半回転させて、うつむいている母に向かい合った。

「お母さん。どうして日光の写真を、知らない人にあげたの。ぼくの写真だなんて言って、日光のことを隠したの。ぼくはすごく――嫌だったよ」

冷たくも激しくもない口調に、かえって失望と軽蔑が露になっていた。

「日向」

「お母さんは全然気にならなかったの？　ぼくたちと関係ない誰かが、ぼくや日光の写真を見て、好き勝手な想像をして楽しむこと。日光はもう、文句も言えないからいいと思ったの？」

「日向、違う、違うの」

寛子は喘ぐように叫んだ。

「何が違うの？」

「私はただ……誰かと日光の話がしたかったの。そうしないと、日光のことを忘れてしまいそうだったから」

「それは、ぼくじゃいけなかった？　ぼくだって、日光のこと、覚えてるよ」

すっと目を伏せて、日向は歌うように話し続ける。

「日光は、優しかったね。ぼくがなくしたキーホルダーを、暗くなるまで一緒に探してくれた。それで二人で迷子になって、お母さんに怒られたよね。ああ、でも、しゃっくり百回したら死ぬんだぞって、おどかされたこともあったっけ。ぼくが泣いたら、慌てて『嘘だよ』って教えてくれた……ねえ、お母さん。どうして、ぼくじゃいけなかったの？」

寛子は、怯えた目で日向を見た。

「……だって、あなたは、似すぎてる。どんどん日光に似てくるから……」

日向は一瞬、声を詰まらせたようだった。それから納得したように、小さく頷いた。

「そう。ぼく、そんなに日光に似てるんだ。だから、お父さんもぼくに会いたがらないのかな」

寛子は両手で顔を覆い、低く呻いた。

日向の――そして日光の父親と寛子が離婚したのは四年前だと言っていた。五年前の日光の死が、夫婦の関係にひびを入れたのかもしれない。

そして一年前に、日向は日光の年齢を追い抜いた。寛子が膳所剛男を担当するようになり、写真を渡すようになったのも同じ時期だ。

「……焦りましたか」

寛子はびくりと肩を揺らした。

「成長した日向が、日光くんの面影を飲み込んでしまいそうで、焦ったんですか」

もう年を重ねることができない日光の記憶が、日々成長し日光に似ていく日向に上書きされてしまうかもしれない、と。だから寛子は、日光がすでに故人であることを隠して、剛男に日光の写真を渡した。日光の思い出を共有して語るための、外部装置として。

しかし、それが一般的な行為でないことも理解していた。だから警察には、日光ではなく日向の写真だと嘘を吐いた。死んだ子どもの記憶を共有していたという事実より、寂しい老人に子どもの写真を渡したという美談のほうが、不審がられないと思ったのだろう。

「あなたに、何がわかるの」

寛子は声を震わせて、おれを睨んだ。

「日光がいなくなってから、誰もあの子のことを話してくれなくなった。私には、誰もいなかった。膳所さんとだけは、あの子の話ができた。あの子の好きなもの……笑った顔がどんなに可愛いか……思い出話じゃない、生きている日光の話ができた。その時だけは、日光がもういないことを忘れられた。嘘でも、誤魔化しでも、あの時間に私は救われたの」

血を吐くような叫び——とは、こういうものを指すのだろう。

救われたのなら、それはそれでよかったのかもしれない。傍《はた》から見れば歪でも、本人たちには必要なこともある。

けれど——「誰もいなかった」と寛子は言った。自分だって兄の話をしたかったと告げたばかりの、日向の前で。

寛子にとって日向は、日光の影でしかないのだろうか。今になっても、なお。

「お母さん」

激情で震える寛子の背中に、日向が手を当てた。寛子は一瞬体を強張らせてから、おそるおそる日向を見た。

「日向……黙っていてごめんね、でも」

「いいんだ。話してくれてありがとう」

日向は優しく言い、寛子はほっとしたように微笑む。

おれはその光景を、黙って眺めていた。

帰途に就くおれに、「雨が降っているから駅まで傘を貸して送る」と日向が言い出した。大丈夫だと断っても引き下がらない。話を終えた寛子は、ぐったりとダイニングテーブルに伏し、日向を止めようとはしなかった。結局、おれが折れた。

日向を連れて外に出ると、日の長い季節とはいえ、もう十八時を回って、辺りは薄暗くなり始めていた。時折ひんやりとした風が吹いて、背筋や腕に淡く鳥肌が立った。

おれは日向に渡されたビニール傘を差し、日向は灰色の傘を広げた。大人用の傘は日向には大きすぎるようで、歩きながら何度か傘の縁がぶつかりあった。

「霧島さんは、写真はただの記録で、日光やぼくに責任はないって言ってくれたけど」

傘をくるくると回しながら、日向は言った。

「でも、だからって、日光の写真が無関係だったとは思えないんだ」

「何でだ?」

「だって、膳所さんは、日光の写真を見るうちに小さい頃が懐かしくなって、お兄さんの厳男さんに会いたくなったわけでしょ。日光の写真がなければ、お兄さんに会おうなんて考えないで、今も生きていたのかも」

「さあな、わからない。大体、剛男さんが亡くなった原因が厳男さんとのトラブルだっていうのも、僕の勝手な推測だよ」

おれは平静を装って返答したが、内心では冷や汗をかいていた。

事件について話した時に、あえて触れなかったことがある。現場に日向の――否、日光のアルバムが落ちていた理由だ。自殺なら、剛男が自ら手にして身を投げたと考えられる。他殺だとしたら――殺されたその時に剛男がそのアルバムを手にしていたか、犯人が剛男を殺害した後にアルバムを投げ落としたことになる。いずれにせよ、犯人はアルバムの存在と、剛男にとっての重要性を認知していた。

自殺か、他殺か、どちらがより残酷な結末なのだろう。結局、真相は当事者にしかわからない。ただ、おれの脳裏には、アルバムを手に厳男に必死で語り掛ける剛男の姿が思い描かれる。おれたちだって、このくらいの年の時には仲の良い兄弟だったじゃないか。もう一度、あの時みたいに戻れないか――と。

寛子が日光の写真を渡したことが、結果的に剛男の郷愁を加速させ、家族との復縁を望ませ、それを拒む厳男との対立を招いたのだとしたら――皮肉なことだ。

大切な人の死を嘆く気持ちが、生きている誰かを傷つけ、新たな死者を招いたのだとしたら。

「なあ、日向」

おれは、隣を歩く日向を見た。傘に見え隠れする横顔は、亡き兄について母を問い詰めたばかりとは思えないほど、平静な様子だった。

「日向は、お母さんのことが許せないか？　お兄さんの写真を膳所さんに渡していたことや……それを日向に隠していたこと」

日向は、秘密を告白した母に「いいんだ」と告げたが、わだかまりが完全に解けたようには見えなかった。

寛子を見る日向の目には、分断があった。異物に向ける目だった。自分とは決して交わらない存在を見る表情だった。

「許す、とか、そういうのじゃないかな」

日向は、ちょこんと首を傾げた。

「お母さんは『ああ』で、ぼくは『ああじゃない』。そういうものなんだなって、わかったんだ。それだけだよ」

「……そうか」

諦めたのか――と考えて、思い直した。たぶん、切り離した、というほうが正しい。

肝の据わった子どもだとは思っていた。頭の回転の速さも感じていた。しかし今となっては、その程度の印象には収まらなくなっていた。

偶然訪れたおれを利用する強かさ。母親である寛子に見せたあの表情。最初に会った時には感じられなかった。隠していたのか、それとも途中から芽吹いたのか。

「写真を撮ろうかな」

ふいに日向が言った。

「写真？　今？」

「違うよ。将来の話。学校で、作文の宿題が出てるんだ。将来の夢について」

学校、宿題。そんな単語を口にする日向は、年齢相応に幼く見えるから不思議だ。

「何を書くか決めてなかったんだけど、写真を撮る人にしようかな」

「……写真、嫌じゃないのか？」

写真を見た他人が勝手な妄想を巡らせることを、日向は嫌悪していると思ったのだが。

日向はくすりと笑った。

「そりゃ、まあ、今回はね……。でも、写真ってすごいよね。そこに切り取られた瞬間はずっと残る。撮られた人がいなくなっても、記録されたその一瞬だけは残るんだ。それで、誰かの人生が変わることもあるなんて。そうは思わない？」

「……ああ」

答えに迷った。

今はもうこの世にいない日光という少年の、記録された一瞬について——それが日向の周囲の人々に及ぼした波紋について、日向は何を思っているのだろう。

蛍光灯の灯りがやけに眩しい駅の改札に着いて、おれは立ち止まり、借りていたビニール傘を差し出した。

「それじゃ、僕はこれで」

「ねえ、霧島さん」

日向は傘を受け取らず、おれをじっと見上げた。

「覚えておいてね、ぼくの名前。桧山日向」

「桧山……？」

唐突な物言いと、その内容に戸惑った。日向の苗字は、宮本ではないのか。

「ぼくはお母さんと暮らしているけど、戸籍はお父さんのところに残ってるんだ。向こうの家が、跡継ぎに男が要るとか何とか、時代遅れなことを言い張ったらしくて。だから、ぼくの苗字はお母さんと違って、桧山なんだ」

「ああ……いや、そうじゃなくて」

問題は、何故日向がそれをおれに告げるのかということだ。事件の取材が終わった今、おれと日向の関係も途切れるはずなのに。

日向は、芝居がかった仕草でため息をついた。

「他人事みたいな顔しないでよ。ぼくの背中を押したのは霧島さんなんだよ？　霧島さんがうちに来なかったら、ぼくは日光のことをお母さんに聞いて、あんな顔させたりしなかった」

「それは」

「違うよ、感謝しているんだ。でもね」

十二歳とは思えない冷めた目つきで、冷酷にさえ見える表情で、日向はおれを見た。

「霧島さんは、ひとの人生を変えちゃったんだよ。そのこと、ちゃんと覚えておいてね」

ぼくは忘れないからね――と、その目が言っていた。

「……どうして、おれなんだ」

問い返す声が掠れた。

日向には、共に暮らす母がいて、疎遠とはいえ実の父がいる。学校に通っているのだから、同級生や教師との関わりもあるはずだ。

それなのに何故、ほんの数日、ほんの数回話しただけのおれに執着する？

「ぼくには、誰もいなかった」

日向はにんまりと笑った。大きな口を、ピエロのように弓なりに吊り上げて。

「お父さんもお母さんも、膳所さんも、みんな日光のことばかり。ぼくが何を思っているのか、どう感じているのか、考えてくれたのは霧島さんだけだよ」

「そんなことは」

「あるよ。ぼくがそう感じたんだから。霧島さんがいなかったら、ぼくはぼくの気持ちに、ずっと気づかないままだったかもしれない」

日向は、片手を胸に当てた。

「ここの蓋を開けてくれたのは、あなたなんだよ」

日向は断言した。突き刺すような熱っぽい視線を、こちらに向けて。

我が子の目の前で「自分には誰もいなかった」と言い放った母親、息子との面会を望まない父親。先に手を放したのは、日向じゃない。

その結果が、今の日向で――そこに干渉したのが、おれだった。

もしかして、と、今さらのように思った。

おれは、あまりに軽率に、その「蓋」を開けてしまったんじゃないだろうか――。

数日後、膳所厳男が逮捕されたと編集長から聞かされた。

住居侵入と器物損壊――「コーポ山根」の敷地内に侵入し、大家の山根早紀子の植木鉢を割った容疑だという。割れた植木鉢の破片から、厳男の指紋が検出されたらしい。厳男は「剛男の遺体を見つけて驚き、意識があるか確かめるために、植木鉢を投げた。剛男が反応しなかったので死んでいるとわかり、怖くなって逃げた」と供述しているそうだ。その説明には、一応筋が通っているように思えた。寛子も遺体を発見した時、粗大ごみに道を塞がれて近づけなかったと話していた。

しかし、剛男が死んでいるとわかって逃げたのは何故か。そもそも、何故厳男は剛男を訪ねたのか。何故最初から本当のことを話さなかったのか。不自然な点があまりに多く、編集長は「剛男殺害の容疑を固めるための別件逮捕に違いない」と息巻いている。

おれの記事は、編集長の指示により「記者が実際に接触！　逮捕直前の容疑者の肉声！」という大々的な煽り文句付きの長文に差し替えられ、編集長の手元で掲載の時を待っている。当初の予定とは大幅に変わったものの、編集長は満足そうだった。

おれにはただのまぐれあたりとしか思えなかったので、それほど興奮することもなかった。ただ、植木鉢に厳男の指紋が残っていたことに、実弟の死への動揺と、狡猾になりきれない人間くささを感じずにはいられなかった。剛男が本当に死んだのか、とっさに確かめたその理由は、保身か、それとも――。

日向に語りかける、厳男の真摯な横顔を思い出した。

おれにとってこの事件は、膳所厳男や剛男だけのものではなかった。

桧山日向。

寛子の想いと剛男の死が、厳男の言葉とおれの干渉が、寄ってたかって何かを変えてしまったのかもしれない、一人の少年。

あの日返せなかった傘は、今もまだ、おれの手元にある。

［引用文献］

笹間良彦『日本こどものあそび図鑑』（遊子館）

［初出］

「影踏み鬼」　小説推理二〇二三年二月号
「色鬼」　小説推理二〇二三年六月号
「手つなぎ鬼」　小説推理二〇二三年七月号
「ことろことろ」　小説推理二〇二三年八月号

木江 恭●きのえ きょう

1988年神奈川県生まれ。上智大学卒業。2017年に「ベアトリーチェ・チェンチの肖像」が第39回小説推理新人賞奨励賞に選ばれ、19年に『深淵の怪物』でデビュー。同年、「レモンゼリーのプールで泳ぐ」でドラマデザイン社舞台シナリオ大賞を受賞し、脚本家としても活動中。

鬼《おに》の話《はなし》を聞《き》かせてください

2023年1月22日 第1刷発行

著 者—— 木江《きのえ》 恭《きょう》

発行者—— 箕浦 克史

発行所—— 株式会社双葉社

東京都新宿区東五軒町3-28 郵便番号162-8540
電話03(5261)4818〔営業部〕
03(5261)4831〔編集部〕
http://www.futabasha.co.jp
(双葉社の書籍・コミック・ムックが買えます)

DTP製版—株式会社ビーワークス

印刷所—— 大日本印刷株式会社

製本所—— 株式会社若林製本工場

カバー印刷—— 株式会社大熊整美堂

ISBN978-4-575-24596-7 C0093